중국 현대희곡 연구 및 번역 총서 3

중국 현대 단막극선

중국 현대희곡 연구 및 번역 총서 3

중국 현대 단막극선

호적 등 저, 한상덕 역

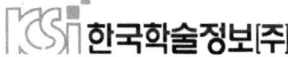

한국학술정보[주]

　중국의 극예술은 일찍이 원대(元代)로부터 성행하기 시작하여 오늘에 이르기까지 짧지 않은 역사를 가지고 있다. 그 긴 역사 중 1900년대 초기에 있었던 신해혁명과 오사운동은 중국의 만장한 무대예술에 새로운 변화를 가져다 주었다. 즉 중국의 전통 희곡이 본격적으로 개혁되고, 서방으로부터 도입된 새로운 형식의 "화극(話劇)", 즉 현대희곡이 중국에 소개되면서 발전을 하기 시작한 것이다.

　노래 중심의 전통 연극과는 달리 대화를 위주로 한 극예술이라 하여 "화극(話劇)"이라고 이름한 새로운 현대희곡은 주로 유럽과 일본에서 공부하던 중국 유학생들에 의해 도입이 되었지만, 도입 초기에는 작품 부재와 무대 경험 부족으로 인하여 그 완성도는 대단히 낮을 수밖에 없었나. 그러나 극작가들의 사회에 대한 문제의식과 함께 이를 무대화하려는 열정은 대단하였고, 그에 따른 성과도 적지 않았다. 당시 발표되고 공연된 작품들은 비록 작품성과 예술성이 높지는 않았다 할지라도 중국의 현대 연극이 발전해 갈 수 있는 초석을 놓았다는 점에서 그 공헌도는 높이 평가된다.

　본서에서는 1919년부터 1925년도에 이르기까지 극본 창작과 무대예술 창조에 크게 이바지하였고, 중국현대 문학사에서도 비중 있게 다뤄지고 있는 다섯 명의 작가, 즉 호적(胡適)·진대비(陳大悲)·정서림(丁西林)·전한(田漢)·구양여천(歐陽予倩)의 대표작을 번역하여 실었다. 많은 작품을 싣지 못한 아쉬움도 있지만 지면에서 소개된 작품만이라도 잘 살펴본다면 당시 중국 사회의 문제의식은 물론이고, 작가들이 무엇을 부각시켜 어떤 효과를 나타내려고 하였는지, 또 중국 현대문학 초기의 단편극에 대한 대략적인 현상 등도 어느 정도 이해할 수 있게 되리라 생각된다. 그리고 책 뒷부분에서는 작품 연구 및 중국어 공부에도 도움이 될 수 있도록 중국어 원문을 수록하였다.

지면 관계상 많은 작품을 싣지 못한 아쉬움이 크지만, 여타 작품들은 앞으로도 계속해서 번역 소개할까 한다. 제현들의 따뜻한 질정을 부탁드린다.

한상덕 삼가 씀

|차 례|

종신대사 (終身大事)

-호적(胡適)-

● 작가 및 작품 소개

호적(1891~1962)의 원명은 호홍성(胡洪騂)으로, 자는 적지(適之)이다. 필명으로 천풍(天風)·장휘(藏暉)·철아(鐵兒) 등을 썼다. 어려서 서당에서 공부하다가, 14살 때 상해로 가서 공부를 하였다. 1910년에 미국으로 유학을 갔다. 처음에는 농학을 공부하다가 뒤에 철학과 문학을 공부하였다. 1917년에 콜롬비아대학에서 철학박사 학위를 받고 같은 해에 귀국하였다. 북경대학 교수와 교장을 역임하였고, 또 국민당 정부에 의해 미국으로 가서 대사(大使)를 역임하였다. 1962년 대만에서 병으로 세상을 떠났다.

호적은 일찍이 백화문을 제창하고, 신문화 운동과 신문학 혁명에 지대한 공헌을 하였다. 그는 1917년 1월에 <문학개량추이(文學改良芻議)>를 발표하여 문학에 있어서 피해야 할 여덟 가지를 언급한 "팔불주의(八不主義)"를 제기하였다. 뒤에 그는 또 <역사의 문학 관념론(歷史的文學觀念論)>과 <건설적인 문학 혁명론(建設的文學革命論)> 등을 발표하였는데, 이런 글들은 당시 상당히 큰 영향을 주었다. 그는 또 신시(新詩)를 개척하고 실천한 사람이었다. 1920년에는 최초의 신시집(新詩集) ≪상시집(嘗試集)≫을 출판하였다. 1922년에는 ≪노력주간(努力週刊)≫과 ≪독서잡지(讀書雜誌)≫를 창간하여 "문제는 좀 많이 연구하고, 주의(主義)는 좀 적게 이야기하자"고 주장하고, 마르크스 레닌주의가 중국에 전파되는 것을 반대하였다. 뒤에는 또 ≪국학계간(國學季刊)≫과 ≪현대평론(現代評論)≫을 출판하였다. 1926년에는 구미 각국을 돌면서 강연을 하였다. 1928년에는 서지마(徐志摩)와 함께 월간 ≪신월(新月)≫을 출판하였다. 만년에는 ≪수경주(水經注)≫ 판본을 고증하는데 주력하였다. 주요 저작으로 ≪호적문존(胡適文存)≫ㆍ≪중국철학대강(中國哲學大鋼)≫ㆍ≪백화문학사(白話文學史)≫ㆍ≪대동원의 철학(戴東原的哲學)≫ 등이 있다.

<종신대사>는 1919년 3월 ≪신청년(新靑年)≫ 제6권 3호에 발표되었던 작품으로, 작품의 앞부분과 뒷부분에는 작가의 서(序)와 발(跋)이 붙어 있다. 이 작품은 원래 친구들과의 약속에 따라 영문으로 썼던 것인데 뒤에 다시 중국어로 옮긴 것이라고 밝히고 있다. 이 작품은 현대희곡이 중국에 정착되던 초창기에 나온 작품이다. 극본에서는 중산층 가정의 한 외동딸 전아매(田亞梅)가 혼인의 사유를 쟁취하기 위해 집을 떠나는 이야기를 그리고 있다. 유학을 마치고 집으로 돌아온 아매는 결혼을 앞둔 상태에서 오랫동안 함께 지내던 친구 진선생을 결혼상대로 생각한다. 그러나 그의 어머니인 전씨부인은 점괘에서 나온 나쁜 결과만 믿고 두 사람의 결합을 반대한다. 결국 그는 부모들이 밥을 먹는 틈을 타서 메모 한 장을 남겨놓고 집을 나간다.

이 작품의 시대배경은 오사운동이 전개되던 시기의 전후이다. 내용은 짤막하지만 봉건주의를 반대하는 주제는 아주 선명하며 또한 입센의 영향을 많이 받은 작품으로 평가되고 있다. 이 작품은 이 이후로 나온 사회문제극 창작과 공연에 많은 영향을 주었다.

종신대사

- 유희적인 희극(喜劇) -

(서) 며칠 전 미국에서 유학하던 몇 몇 친구들이 와서 말하기를 북경의 미국 대학 동창회에서 얼마 있다가 하나의 연회를 열게 되었다고 하였다. 중국의 회원들이 그날 저녁에 하나의 짤막한 연극을 공연하고자 하는데, 나더러 하루 만에 영문으로 짧은 극본을 하나 써서 그들이 연습을 할 수 있게 해 달라고 하였다. 내가 무리하게 대답을 하고 다음날 이 단막극을 써서 그들에게 주었다. 뒤에 그들은 여자 배역을 찾지 못해 이 연극을 공연할 수가 없었다. 생각지도 않게 내 친구 봅스 선생이 이 극본을 보고 가져가서는 《북경도보(北京導報)》의 주간인 조덕인(刁德仁) 선생에게 보라고 주었다. 조선생은 이 극본을 꼭 싣겠다고 해서 어쩔 수 없이 그에게 맡길 수밖에 없었다. 뒤에 한 여학당에서 이 연극을 연습하겠다고 해서 나는 다시 그것을 중문으로 번역을 하였다. 이런 연극을 서양말로는 Farce라고 하는데, 이를 번역하면 유희적인 희극(喜劇)이라 할 수 있다.

이는 내가 처음으로 이런 놀이를 쓴 것이니, 여러 친구들께서는 비웃지 말았으면 한다.

전씨부인
전선생
전아매 여사
점쟁이 (맹인)
전씨 집 여자 하인인 이씨어멈

[전씨 집의 응접실. 오른쪽으로는 대문으로 통하는 문이 있고, 왼쪽으로는 식당으로 통하는 문이 있다. 뒤에는 소파가 하나 있고 그 양쪽에는 두 개의 기대는 의자가 있다. 중간에는 작고 둥근 탁자가 하나 있는데 탁자 위에는 화병이 놓여 있다. 탁자 옆에는 두 개의 앉은뱅이 의자가 있다. 왼쪽 벽쪽으로는 작은 책상이 붙어 있다.
[벽에는 중국 그림이 걸려 있는데, 서양 화란파 풍경화가 그 사이에 끼어 있다. 중국과 서양맛을 조화시켜 놓은 이런 장식에서 이 가정이 구식을 따르면서도 신식을 추구하고 있음을 알 수 있다.
[막이 천천히 오르면 무대 아래 사람들은 무대 위 점쟁이가 타는 현악기 소리가 곧 끝나 가는 것을 들을 수가 있다. 전씨부인은 등받이 의자에 앉아 있고, 점쟁이는 탁자 옆에 있는 의자에 앉아 있다.

전씨부인 당신이 하는 말의 뜻을 잘 못 알아듣겠어요. 당신이 보기엔 이 혼사가 잘 될 것 같나요?

접쟁이　　전씨부인, 나는 점괘가 나오는 그대로 말을 하는 거에요. 우리 점쟁이들은 다 점괘대로 말을 하지요. 당신도 알다시피 —

전씨부인　점괘 그대로 말을 하면 어떻소?

접쟁이　　이 혼사는 해서는 안 됩니다. 만일 당신 딸이 이 남자에게 시집을 가면 앞으로 반드시 결과가 좋지 못해요.

전씨부인　왜요?

접쟁이　　당신도 알다시피, 나는 그저 점괘 그대로 말을 하는 거에요. 남자는 호랑이띠로 해일(亥日)에 태어났고, 여자는 뱀띠로 신시(申時)에 태어났어요. 점서(占書)에 이르기를 "뱀이 호랑이와 짝이 되면 남자가 여자를 이기게 되고, 돼지가 원숭이와 짝이 되면 수(壽)를 다 못 누리게 된다."고 하였으니, 이것은 결혼을 하는데 반드시 피해야 할 팔자에요. 뱀띠와 범띠가 결합하는 것만으로도 이미 서로 상극인데, 거기다가 해일(亥日)에 신시(申時)로, 돼지와 원숭이가 서로 상극이 되었으니, 이것은 피해야 할 중요한 두 가지를 다 가진 것이오. 만일 이 두 사람이 부부가 되면 절대로 서로 잘 화합해서 해로할 수가 없어요. 자세히 말하자면, 남자의 기가 너무 세면 남편이 아내를 해치게 되어 여인이 제 명대로 살지 못하고 일찍 죽게 된단 말입니다. 전씨부인, 나는 그저 점괘에 나온 그대로 직언한 것이니 너무 언짢아하지 마세요.

전씨부인　별말씀을요. 나는 사실대로 말하는 사람을 제일 좋아합니다. 당신의 말이 전혀 틀리지 않을 거예요. 어제 관음보살도 그렇게 말하던데요 뭘.

점쟁이   관세음보살도 이렇게 말합디까?

전씨부인 예. 관음보살이 준 제비시에서 말하기를 ― 내가 찾아
         읽어드리지요. (책상에 가서 서랍에 있는 노란 종이를 꺼
         내어 읽는다.) 이것은 일흔 여덟 번째 제비 아래 괘에요.
         점시에 이르기를 "부부는 전생에 이미 정해진 것이니 억
         지로 인연을 맺어서는 안 되느니라. 천명을 거역하면 끝
         에 가서 화를 당할 것이니 혼인에 좋은 결과를 기대할
         수가 없느니라."라고 했어요.

점쟁이   "혼인에 좋은 결과를 기대할 수가 없다."는 이 말은 제
         가 금방 한 말과 한 글자도 틀리지 않군요.

전씨부인 관음보살 말이 틀릴 리가 있겠어요? 그렇지만 이 일은
         우리 집 딸의 종신대사이기 때문에 우리 부모 되는 사람
         들이 잘 신경을 써야 할 부분이지요. 그래서 어제 관음
         보살한테 갔던 것인데 어쨌든 마음이 그렇게 썩 놓이질
         않아요. 오늘 선생님을 청한 것은 팔자에 어울리는 것이
         뭐라도 좀 없는지 묻고 싶어서지요.

점쟁이   없습니다. 없어요.

전씨부인 관음보살의 제비 시구는 몇 마디로만 되어 있어서 쉽게
         알 수가 없더라구요. 오늘 당신이 쳐주신 점괘가 점시와
         같으니 이는 더 이상 말할 것이 없겠어요. (돈을 꺼내 점
         쟁이에게 주며) 수고했어요. 이거 팔자 봐 주신 복채에요.

점쟁이   (손을 내밀어 돈을 받으면서) 별말씀을, 별말씀을 다하십
         니다. 고맙습니다, 고마워요. 정말이지 관음보살의 점시
         가 저의 점괘와 같을 줄은 몰랐습니다! (자리에서 몸을
         일으킨다.)

종신대사(終身大事) ―호적(胡適)

전씨부인   (부른다.) 이씨어멈! (이씨어멈 왼쪽문으로 들어온다.) 이
         손님 안내 좀 해드려요! (이씨어멈이 점쟁이를 데리고
         왼쪽문으로 나간다.)

전씨부인   (책상 위에 있는 붉은 종이를 잘 접어 책상 서랍에 넣는
         다. 그리고 노란 접시도 서랍에 접어 넣으며, 혼잣말로)
         애석하구먼! 두 사람이 배필이 될 수 없어 애석해!

전아매   (오른쪽 문으로 들어온다. 그녀는 스무 서너 살의 여자
         로, 나들이 외투를 입었는데, 얼굴에는 뭔가 근심이 서려
         있다. 문을 들어선 후 옷을 벗으면서) 어머니, 무슨 일로
         또 점 쳤어요? 문앞에서 점쟁이가 나가는 것을 봤어요.
         점쟁이 집안에 들여놓지 말라는 아버지 말씀 잊었어요?

전씨부인   애야, 이번이 마지막이다. 다음에는 내 절대로 점치지 않
         을 게다.

전아매   하지만 점치지 않겠다고 아버지하고 약속했잖아요?

전씨부인   그래 안다, 알아. 그렇지만 이번만은 점쟁이한테 물어보
         지 않을 수가 없었단다. 내가 그 사람을 불러 너하고 진
         선생의 팔자를 한 번 봐 달라고 했다.

전아매   예? 뭐라구요?

전씨부인   이 일은 너의 종신대사라는 것을 알아야 한다. 나는 딸
         인 너 하나밖에 없는데 대충해서 서로 맞지도 않는 사람
         에게 너를 시집보낼 수는 없다.

전아매   우리가 맞지 않는다고 누가 그래요? 우리는 여러 해 동
         안 친구로 지내왔는데 아주 마음이 잘 맞는다구요.

전씨부인   절대 그렇지 않다. 점쟁이가 그러는데 너희들은 서로 맞
         지가 않는대.

전아매   그 사람이 뭘 알아요?

전씨부인 점쟁이만 이렇게 말한 것이 아니라 관음보살도 그렇게 말하더구나.

전아매   뭐라구요? 어머니는 또 관음보살한테도 가서 물어봤어요? 아버지가 아시면 더욱 한 말씀 하시겠군요.

전씨부인 나도 알지, 네 아버지가 분명히 내 의견에 반대할 줄. 내가 무슨 일을 하든 네 아버지는 반대니까. 그러나 너 한 번 생각해 봐라. 우리 늙은 사람들이 어떻게 감히 너희들의 혼인 대사를 아무렇게나 결정하겠니? 우리가 아무리 조심을 한다해도 잘 할 수 있다는 보장이 없다. 그러나 보살은 사람을 속일 리가 없지. 게다가 보살 말하고 점쟁이 말이 같으니 더욱 확신이 서는구나. (일어나 책상 옆으로 걸어가서 서랍을 뒤진다.) 네가 직접 보살의 점시를 봐라.

전아매   보기 싫어요, 전 보지 않겠어요!

전씨부인 (할 수 없이 서랍을 닫는다.) 애야, 너 이렇게 고집 부리지마라, 그 진선생, 나도 그 사람 매우 좋아한단다. 내가 보기에 그 사람 아주 믿을만한 사람이야. 네가 동양에서 그 사람을 몇 년 동안 알고 지냈기에 그 사람 됨됨이를 잘 안다고 했지만, 그러나 넌 나이가 아직 젊고 또 경험이 없기 때문에 네가 잘못 볼 수도 있다. 우리 같이 쉰 살, 예순 살을 먹은 사람도 아직 자기 안목을 믿지 못할 때가 있단다. 내가 내 자신을 믿을 수가 없어서 보살한테 가서 물어보고 또 점쟁이한테 가서 물어본 거란다. 보살도 짝이 될 수 없다 하고 점쟁이도 짝이 될 수 없다

종신대사(終身大事) -호적(胡適)

고 하는데 그래도 틀릴 수가 있겠느냐? 점쟁이 말은 너희들 팔자는 점괘에서 가장 금기시하는 팔자로, 무슨 뭐 "돼지와 원숭이가 짝이 되면 끝이 좋지 않는다."고 하더라. 왜냐하면 너는 뱀의 해 신시생이고, 그 사람은 —

전아매 그만하세요, 어머니, 이런 말 듣고싶지 않아요. (두 손으로 얼굴을 가리고 울음섞인 소리로) 이런 말 듣고싶지 않단말에요! 전 안다구요, 아버진 어머니 생각과 같지 않을 거라는 거. 아버지는 반드시 그렇지 않을 거라구요.

전씨부인 네 아버지가 어떤 생각을 하든 나는 상관하지 않겠다. 하지만 내 딸을 시집보내는 것에 대해서는 어쨌든 나의 동의가 필요해. (딸 옆으로 가서 손수건으로 눈물을 닦아주며) 눈물 흘리지 마라. 내가 자리를 비켜줄 테니 한 번 잘 생각해 봐라. 우리는 어쨌든 너를 위해서 생각을 하는 것이고, 네가 잘 되기를 바란단다. 내 가서 점심 다 되었는지 봐야겠다. 네 아버지 곧 돌아오실 게다. 울지 마라. 응?

[전씨부인 식당문으로 들어간다.

전아매 (눈물을 닦으며 고개를 들어 이씨어멈이 밖에서 들어오는 것을 보고 손을 흔들어 그를 가까이 오도록 부른다. 낮은 소리로) 이씨 아주머니, 저 좀 도와주세요. 저희 어머니는 제가 진선생한테 시집가지 못하게 —

이씨어멈 애석하군요, 애석해요! 진선생은 아주 예절 바른 군자같은 사람인데요. 오늘 아침 길에서 그 사람을 만났는데 그 사람이 먼저 저한테 인사를 하더라구요.

전아매 그래요, 아주머니가 점쟁이를 데리고 우리집으로 오는

것을 그 사람이 보고는 우리들 일에 무슨 변고라도 생길
까 봐서 곧 바로 학당으로 전화를 해서 저에게 알려주더
라구요. 내가 집으로 돌아올 때 그 사람은 차를 타고 멀
찍이 내 뒤를 따라왔어요. 지금쯤은 아마 이 길 어귀에
서 내 소식을 기다리고 있을 거에요. 이씨어멈이 가서
그 사람한테 그러세요, 우리 어머니가 우리 결혼을 반대
한다구요. 그렇지만 아버지가 곧 돌아오시면 당연히 우
리를 도와주실 거에요. 그 사람한테 그러세요, 차를 뒷길
에 세워놓고 나의 소식을 기다리라구요. 어서 가세요.
(이씨어멈이 몸을 돌려 나가려고 하는데) 잠깐만요! (이
씨어멈 몸을 돌린다.) 그 사람한테 그러세요. ─ 그 사람
더러 ─ 조급해 하지 말라고 그러세요! (이씨어멈 미소
를 지으며 나간다.)

전아매 (채상 있는 곳으로 가서 서랍을 열어 안에 있는 물건을
훔쳐본다. 손목 시계를 보며) 아버지가 곧 돌아오실 때가
되었구나. 곧 열 두 시야.
[전선생, 약 쉰 살 정도의 모습을 하고 밖으로부터 들어
온다.

전아매 (급히 서랍을 닫는다. 일어나 그의 아버지를 맞이하며)
아버지 돌아오셨어요! 어머니가 그러시는데요, …… 아주
중요한 이야기를 아버지와 상의하시겠다고, ─ 아주 중
요한 이야기를.

전선생 무슨 중요한 일? 네가 먼저 말해 줄래?

전아매 어머니가 말씀하실 거에요. (식당 쪽으로 가서 부른다.)
어머니, 어머니, 아버지 돌아오셨어요.

종신대사(終身大事) ─호적(胡適)

전선생   너희들이 또 무슨 수작을 부리는지 모르겠구나. (등받이 의자에 앉는다. 전씨부인이 식당 쪽에서 나온다.) 아매가 그러는데 당신한테 아주 중요한 이야기가 있다고, ― 나 하고 상의해야 할 아주 중요한 이야기가 있다고.

전씨부인 예, 아주 중요한 일이 있어요. (왼쪽편의 의자에 앉으면서) 진씨댁의 이번 혼인 문제에 대해 이야기를 하려구요.

전선생   그래요, 나도 요 며칠 동안 마음속으로 이 일을 생각하고 있던 중이오.

전씨부인 그 마침 잘 되었군요. 우리 모두 이 일에 관심을 가져야지요. 이건 아매의 종신대사라, 이 일이 얼마나 중요한 일인지를 생각하면 걱정이 되어서 밥도 넘어가지 않고 잠도 잘 수가 없어요. 그 진선생은 우리가 몇 번 만나보기는 했지만 마음이 그렇게 놓이질 않는군요. 옛날 사람들은 사위를 볼 때 그저 몰래 한 번 훔쳐보는 것만으로도 다 되었지만, 지금은 많이 보면 볼 수록 우리가 책임져야 할 부담이 무거워져 어렵기만 하군요. 그 사람 집에 돈은 많지만, 돈 있는 집안의 자식들을 보면 아무튼 못된 것은 많고 좋은 것은 적잖아요. 그 사람 외국 유학생인데, 많은 유학생이 귀국을 하면 얼마되지 않아서 자기 본처를 버린다잖아요.

전선생   당신이 이렇게 장황하게 말을 하는데, 대체 어쩌겠다는 거요?

전씨부인 제 말은 우리가 딸을 위해 이 대사를 치를 때 자기 생각만을 믿어서는 안 된다는 생각이에요. 내가 나 자신을 믿을 수가 없어요. 그래서 어제는 절에 가서 보살한테 물어보았어요.

전선생   뭐요? 당신 다시는 절에 빌러가지 않겠다고 약속하지 않았소?

전씨부인 딸을 위해 갔어요.

전선생   흥! 흥! 됐어요. 그래, 말해봐요.

전씨부인 절에 가서 점을 한 번 봤어요. 점시에 우리가 혼사를 해서는 안 되는 것으로 되어 있어요. 제가 그 점시를 가져올 테니 한 번 보세요.
          [서랍을 열려고 간다.

전선생   쳇! 쳇! 그만둬요. 난 이런 것 믿지 않으니까! 이건 딸의 종신대사라서 당신이 당신 자신도 못 믿겠다고 하면서 그 흙과 나무로 빚어 만든 보살은 믿을 수 있다는 거요?

전아매   (기뻐서) 아버지는 이런 거 안 믿는다고 제가 그랬잖아요. (자기 아버지 곁으로 가서) 고마워요. 우리는 당연히 자기 자신을 믿어야지요, 그렇죠?

전씨부인 보살만 이렇게 말한 것이 아네요.

전선생   엉! 또 누가 있소?

전씨부인 그 점시를 보자 마음이 놓이질 않기도 하고 또 좀 의심이 가기도 하더라구요. 그래서 사람을 보내 시내에서 가장 유명한 점쟁이 장봉사를 오게 해서 팔자를 한 번 맞춰봤지요.

전선생   흥! 흥! 당신은 또 나하고 한 약속을 잊었구먼.

전씨부인 저도 알아요. 그렇지만 딸의 대사를 생각하다 보니 속으로 의심이 가라앉지도 않고 결심도 서지 않고 해서 어쩔 수 없이 그 사람을 오라고 해서 결단을 내리게 한 거지요.

종신대사(終身大事) −호적(胡適)

전선생 　누가 당신더러 먼저 보살한테 가서 이런 의혹이 생기도록 만들었단 말이오? 먼저 보살한테 가서 물어볼 것이 아니라, — 마땅히 나한테 와서 먼저 물어봐야지.

전씨부인 　죄과지요, 죄과, 아미타불 — 그 점쟁이 말과 보살 말이 꼭 같은데, 이것 이상한 일 아니에요?

전선생 　됐어요! 그만 해요! 다시는 허튼 소리 그만해요. 자기한테 눈이 있으면서도 자기는 그것을 사용하려고 하지도 않고, 오히려 그 눈도 없는 봉사한테 가서 묻는다는 것이 웃음거리 아니오?

전아매 　아버지, 아버지의 이 말씀 조금도 틀림이 없네요. 전 아버지께서 우리들을 도와주실 걸로 일찍부터 믿고 있었어요.

전씨부인 　(노하여 딸에게) 잘 한다, "우리들을 도와주다니." 누가 "너희들"이냐? "너희들"이 누구냐구? 부끄럽지 않냐! (손수건으로 얼굴을 가리고 운다.) 너희들이 합동을 해서 함께 나를 반대하는구나. 내 딸의 종신대사를 에미된 내가 관여하지도 못하는 거냐?

전선생 　바로 이것이 딸의 종신대사이기 때문에 그래서 우리 부모된 사람이 각별히 조심하고 각별히 신중해야 하는 것이오. 무슨 보살이니, 무슨 점쟁이가 궁합을 보니 하는 것들은 다 사람을 속이는 것이라 하나도 믿을 수가 없어요. 아매야 그렇냐 그렇지 않냐?

전아매 　맞아요, 맞아. 아버지는 절대 이런 거 안 믿을 줄로 일찍부터 알고 있었어요.

전선생 　이제 더 이상 그런 미신적인 말 하지 말아요. 흙 보살이나 봉사 점쟁이 따윈 모두 버리라구! 그리고 우리가 정식으로 이 문제를 이야기 해 보자구나. (전씨부인을 보고) 울지 말아요. (딸을 향해) 너도 앉아라. (전씨 딸 소파에 앉는다.)

전선생　아매야, 나는 네가 그 진씨하고 결혼하는 것에 대해 동의하지 않는다.

전아매　(놀라며) 아버지, 절 놀리시는 거에요, 아니면 정말이세요?

전선생　정말이다. 이 혼사는 반드시 해서는 안 된다. 내가 이런 말을 할 때는 내 마음도 아프다. 하지만 말을 하지 않으면 안되겠구나.

전아매　그 사람한테 무슨 좋지 못한 점이라도 있던가요?

전선생　그렇진 않다. 나는 그 사람 아주 좋아한다. 사위를 삼으려면 그런 사람을 삼아야지. 그 보다 더 좋은 사람이 어디 있겠니? 그래서 내 마음이 더 괴롭기만 하구나.

전아매　(무슨 뜻인지 몰라) 아버지는 보살도 점쟁이도 믿지 않잖아요?

전선생　절대, 절대 믿지 않지.

전씨부인　(동시에) 그럼 대체 왜 그러세요?
전아매

전선생　얘야, 너는 외국에 나간지가 너무 오래 되어서 중국의 풍속과 규례를 다 잊어버렸더구나. 넌 조상이 정한 규례마저도 모두 잊어버렸단 말이다.

전아매　제가 진선생과 결혼을 하게 되면 무슨 규례를 어기게 된다는 거에요?

전선생　내가 가져와서 너한테 보여주마. (일어나 식당 쪽으로 들어간다.)

전씨부인 난 아무 것도 생각하지 못했는데. 아미타불, 이렇게 해도 괜찮지, 남편이 허락만 하지 않으면 되니까.

전아매 (머리를 숙이고 가만히 생각을 하고 있다가 갑자기 고개를 드는데 무슨 결심을 한 듯한 표정이다.) 알았다, 어떻게 해야할지.

전선생 (족보를 한 아름 가지고 나오면서) 자 봐라, 이게 우리 족보다. (책장을 뒤지며 책상 위에 아무렇게나 쌓아 놓는다.) 봐라, 우리 전씨 집안에 2천 5백년 전부터 조상이 있었지만 전씨와 진씨가 결혼한 적이 있었는지?

전아매 뭐 때문에 진씨와 전씨는 결혼을 하지 못하죠?

전선생 왜냐하면 중국의 풍속에는 동성끼리 결혼을 하지 못하는 것으로 되어있기 때문이지.

전아매 우리는 동성이 아니잖아요. 그 집은 진씨이고 우리집은 전씨니까.

전선생 우리는 동성이다. 중국 옛날 사람들은 진(陳)이란 글자와 전(田)이란 글자를 같은 음으로 읽었지. 우리 성을 어떤 때로는 전(田)자로 쓰기도 하고, 어떤 때로는 진(陳)자로 쓰기도 하기 때문에 사실 한 가지 성이란다. 너 어렸을 때 ≪논어≫ 읽어봤잖아?

전아매 읽어보긴 했지만, 그렇게 기억나진 않아요.

전선생 ≪논어≫에 진성자(陳成子)라고 하는 사람이 나오지만, 다른 책에는 모두 전성자(田成子)라고 쓰고 있는데, 바로 이것이 이런 이치란다. 뒤에 세월이 오래 지나자 전(田)자를 쓴 사람은 전씨인 줄 알았고, 진(陳) 자를 쓴 사람은 전씨인 줄 알았지. 겉으로 보기에는 다른 두 성씨인

중국 현대 단막극선

것 같지만 사실은 한 집안이란다. 그래서 두 성씨끼리는
결혼을 할 수가 없는 거지.

전아매 2천 5백년 전에도 동성인 남녀끼리는 결혼을 할 수가 없
었단 말에요?

전선생 없었지.

전아매 아버지, 아버지는 사리를 아시는 사람이니까, 이런 이치
에 닿지도 않는 규례는 반드시 인정하지 말아야죠.

전선생 내가 그것을 인정을 하지 않는다 해도 소용이 없지. 사
회가 그것을 인정하고 웃어른들이 그것을 인정을 하는데
날더러 어떻게 하란 말이냐? 그리고 전씨 성과 진씨 성
이것 뿐만인 줄 아니? 우리 관청의 고선생이 그러는데,
고씨 성을 가진 그 사람들의 조상은 원래 원나라 말년
명나라 초기의 진우량의 자손이었는데 뒤에 와서 고씨로
바꾼 것이란다. 그들은 6백년 전에 진씨였기 때문에 그
래서 진씨와 결혼을 할 수가 없고, 또 2천 5백년 전의
진씨는 또 전씨였기 때문에 전씨와 결혼을 할 수가 없는
거지.

전아매 그건 더 이치에 맞지 않아요!

전선생 이치에 맞든 맞지 않든 이것은 조상의 규례이기 때문에,
우리가 조상의 규례를 어기게 되면 사당에서 쫓겨나게
된단다. 몇십 년 전에 전씨 성을 가진 가정이 있었는데
남방에서 일을 할 때 딸을 진씨집으로 시집을 보냈단다.
뒤에 그 여자가 죽었는데 진씨 사당의 어른들은 그녀를
사당 안으로 들여놓지 못하게 했지. 그 여자 집에서는
매우 많은 돈을 써서 벌금으로 사당에 내고, "전(田)" 자

종신대사(終身大事) –호적(胡適)

가운데 획을 길게 하여 아래위로 모두 밖으로 나오게 해서 "신(申)" 자로 고친 다음에야 그녀를 사당에 들어오도록 했단다.

전아매 그건 아주 쉬운 일이군요. 저도 성 가운데 있는 획을 길게 해서 "신(申)" 자로 고칠래요.

전선생 말은 쉽지! 너는 그렇고 싶지만 내가 그렇게 안 한다! 난 너의 일로 연루되어 웃어른들에게 비난받고 욕먹고 싶지 않구나.

전아매 (성이 나서 운다.) 그렇지만 우리는 결코 동성이 아니란 말에요!

전선생 우리집 족보에는 동성으로 되어 있고, 웃어른들도 모두 동성이라고 했다. 내가 이미 여러 웃어른들에게 알아보았는데 다들 이렇게 말하더구나. 넌 알아야 돼. 우리 부모된 사람들이 딸의 종신대사를 치르는데는 흙 보살이나 점쟁이의 말을 들어서는 안되지만 웃어른들의 말은 듣지 않을 수 없다.

전아매 (애절한 표정을 지으며) 아버지! ―

전선생 내 말 마저 들어라. 또 하나 어려운 점이 있다. 만일에 그 진씨란 친구가 돈이 없으면 또 모르겠지만, 불행하게도 그는 돈이 많은 사람이다. 내가 만약 너를 그 사람한테 시집을 보내게 되면 웃어른들은 분명 내가 그 집에 돈 있는 것이 탐이 나서 조상도 버리고 딸을 그 집에 팔았다고 할 것이다.

전아매 (절망하며) 아버지! 아버지는 일생 동안 미신적인 풍속을 타파하려고 했으면서도 아직 미신적인 조상의 규례는 타

중국 현대 단막극선

파하지 못하셨군요! 이럴 줄은 꿈에도 생각 못했어요!

전선생   넌 나에게도 성을 내는구나. 하긴 그래도 이상할 것이
         없지. 당연히 네가 심적으로 좀 유쾌하지 못할 것이다.
         네가 이렇게 성을 내서 한 말, 내 절대로 너를 탓하지
         않는다, ─ 내 절대로 널 탓하지 않아.

이씨어멈   (왼쪽문에서 나오며) 점심 다 차려놨습니다.

전선생   자, 자, 자. 우리 밥 먹고 또 이야기하자꾸나. 난 배가 너
         무 고프구나. (먼저 식당으로 들어간다.)

전씨부인   (딸 곁으로 가까이 가서) 울지마라. 넌 알아야 돼, 우리
         는 다 네가 잘 되기를 바라느라 그런다는 걸. 참아라. 우
         리 밥 먹으러 가자.

전아매   밥 안 먹을래요.

전씨부인   이렇게 고집부리지 마라. 내가 먼저 갈 테니 네 마음이
         좀 진정되면 곧 오너라. 우리 기다리고 있으마. (역시 식
         당으로 들어간다. 이씨어멈 문을 닫고 그 자리에 서서
         움직이질 않는다.)

전아매   (고개를 들어 이씨어멈을 보며) 진선생 아직 차에서 기
         다리고 계세요?

이씨어멈   예. 이거 그 사람이 준 편지인데, 연필로 쓴 거에요. (종
         이 한 장을 꺼내 전아매에게 준다.)

전아매   (편지를 읽는다.) "이 일은 우리 둘에게만 관계된 일이며
         다른 사람과는 관계가 없으니 당신 스스로 결단을 하
         오." (마지막 구절을 다시 읽는다.) "당신 스스로 결단을
         내려야 하오!" 그래, 나 스스로 결단을 내려야 한다! (이
         씨어멈을 향해) 들어가서 어머니 아버지께 먼저 식사하

시라고 해요. 난 좀 있다가 먹을 테니. (이씨어멈 고개를 끄덕이며 들어간다. 전아매 일어서서 외투를 입고 책상 위에서 급히 한 장의 쪽지에 글을 써서 탁자 위에 놓고 화병으로 눌러 놓는다. 고개를 돌려 한 번 쳐다보고 급히 오른쪽 문으로 나간다. 잠깐 시간이 지난다.)

전씨부인 (무대 뒤에서의 소리) 아매야 너 빨리 와서 밥 먹어라, 반찬 다 식는다. (나오면서) 얘가 어딜 갔지? 아매야!

전선생 (무대 안에서) 마음대로 하게 놔둬요. 성이 나서 그러니 화가 좀 가라앉으면 괜찮아질 거에요. (문에서 나오며) 나갔나?

전씨부인 외투를 입고 나갔어요. 학당에 갔나봐요.

전선생 (꽃병 아래 쪽지를 보고) 이건 뭐지? (쪽지를 꺼내 읽는다.) "이것은 저의 종신대사이기 때문에 저 스스로 결단을 내리겠어요. 저는 지금 진선생의 차를 타고 떠납니다. 부모님과는 잠시 동안 이별할까 합니다." (전씨부인이 이 말을 듣고 몸을 뒤로 젖히면서 등받이 의자에 쓰러지듯 앉는다. 전선생 오른쪽 문으로 달려가다가 문앞에 이르러 다시 뒤를 돌아본다. 눈을 부릅뜨고 어찌할 지를 몰라하는 모습이다. 막이 내린다.)

중국 현대 단막극선

이 극은 몇 명의 여학생들이 공연을 하려고 하기에 내가 이것을 중문으로 번역한 것이다. 뒤에 이 극에 나오는 전여사가 다른 사람을 따라 도망을 쳤기 때문에 여학생들이 감히 그 누구도 이 전여사 역을 맡고자 하는 사람이 없었다. 더구나 여학당에서 이런 부도덕한 연극을 올리기에는 불편했던 것 같다. 그래서 이 원고가 다시 돌아왔다. 이런 점이 나의 이 연극의 큰 결점이라는 생각이 든다. 우리는 늘 사실주의를 제창해야 한다고 이야기를 한다. 오늘날 나의 이 연극을 감히 공연할 사람이 없는 것을 보면 분명 사실적인 작품이 아닌가 싶다. 이렇게 사실주의에 맞지도 않는 연극은 원래부터 아무런 가치도 없었던 것이니, 그저 나의 친구 고일함(高一涵)에게 보내 《신청년》의 공백이나 메울 수밖에 없다.

애국적(愛國賊)

-진대비(陳大悲)-

● 작가 및 작품 소개

진대비(1887~1944)는 일명 진청혁(陳聽弈)이라고도 한다. 대비(大悲)는 필명이며, 또 용공(蛹公)이란 필명을 쓰기도 하였다. 절강(浙江) 항현(杭縣) 사람이다. 1908년 소주(蘇州)에 있는 동오대학(東吳大學)에 입학하였다.

1911년 겨울에 대학을 떠나 상해로 가서 임천지(任天知)가 이끌고 있던 문명희(文明戱) 진화단(進化團)에 가입하였다. 1918년에 일본으로 가서 연극을 공부하고 1919년에 귀국하였다.

1921년에 심안빙(沈雁冰) 등과 같이 민중희극사(民衆戱劇社)를 세우고, 뒤에는 또 이건오(李健吾) 등과 함께 북경실험극사(北京實驗劇社)를 조직하기도 하였다. 1922년에는 민중희극사를 신중화희극협사(新中華戱劇協社)라 이름을 고치고 상해에 있던 주소를 북경으로 옮겼다.

1922년 겨울, 포백영(蒲伯英)과 함께 인예(人藝) 희극전문학교를 세운 후, 교무장을 맡았다. 1923년에 <영웅과 미인(英雄與美人)> 등을 공연하였으며, 남자와 여자가 함께 무대에 설 수 있게 하였다.

1928년에 남경에 있던 국민당 정부 외교부에서 과장 직무를 보면서도 늘 공연에 참가하였다. 1935년에 상해에는 상해극원(上海劇院) 악극연구소(樂劇研究所)의 부소장을 맡았다. 1936년에는 남경에서 신화극사(新華劇社)를 조직하였고, 뒤에는 또 다시 상해로 가서 영화를 만드는 일에 종사하였다.

진대비의 주요 작품으로는 <양심(良心)> · <영웅과 미인(英雄與 美人)> · <유란여사(幽蘭女士)> · <쌍해방(雙解放)> · <아버지의 아 들(父親的兒子)> · <서시(西施)> · <말 못해(說不出)> 등의 화극과 <상해로 간다(到上海去)> · <붉은 화병(紅花瓶)> 등의 영화 시나 리오가 있다.

<애국적>은 애국사상을 선전하기 위해 쓴 작품이다. 한 도둑이 부잣집에 도둑질을 하러 간다. 물건을 훔치기도 전에 관료인 그 집주인이 방으로 들어오는 통에 커튼 뒤에 숨는다. 그 안에서 집 주인의 매국적인 계획을 알게된다. 극의 마지막 부분에서 도둑은 주인이 외국인과 계약을 하게 될 계약서와 돈을 빼앗아 달아난다.

작품은 애국사상을 가진 자와 매국사상을 가진 자 사이의 갈등을 중심으로 하여 극을 전개시켰으면 좋았을 것을 주인과 그 아내, 그 리고 아내의 전 남편과의 쓸데없는 삼각관계로 극을 전개시킴으로 써 극본의 주제가 희석된 결과를 가져왔다는 평을 받고 있다.

애국적

적

장경헌

셋째 부인

근생 — 셋째부인의 본 남편

아취 — 여자 심부름꾼

주귀 — 남자 심부름꾼

장복 — 남자 심부름꾼

무대 뒤로 화려한 서양식 침대가 놓여있다. 침대 왼쪽으로 석 자 가량 떨어진 곳에 서양식 옷장이 놓여있다. (옷장에는 거울이 없다.) 오른쪽 벽에 붙어 있는 서양식 화장대 위에는 여자들이 화장을 할 때 쓰이는 물건들 — 예컨대 거울, 크고 작은 향수병, 화장 상자, 매니큐어 상자 등 — 과 양주, 여송연 통, 담배갑 등이 어지러이 놓여있다. 침대와 장롱 사이에는 짙은(눈에 거슬리지 않는)

커튼이 걸려있다. 왼쪽 벽에는 방문이 있다. 문에서 가까운 곳에 "막선(幕線)"을 따라 책상과 여러 개의 의자가 놓여있다. 책상 위에는 스탠드와 전화기, 그리고 아주 비싼 물건들이 많이 놓여있다. 그러나 이런 것들은 모두 어지러이 쌓여 있고 질서라고는 조금도 찾아볼 수가 없다. 막이 열리면 도둑이 살금살금 문을 들어와 주위를 살피다가 책상 옆으로 가서 서랍을 열어 물건을 훔치려고 한다. 방문 밖에서 갑자기 사람 소리가 들린다. 도둑 황급히 침대 옆 커튼 뒤로 숨는다.

짧은 수염을 가진 장노인이 화려하게 차려입은 셋째부인과 함께 차례로 들어온다. 그들 둘의 얼굴에서 서로 각각 다른 생각을 하고 있음을 알 수가 있다. 장노인은 책상 옆으로 가서 여송연 한 대를 꺼내 불을 붙여 피운다. 비스듬하게 앉아 거울을 보고 머리를 매만지는 부인을 째려보면서 긴 한숨을 쉰다.

셋째부인(이후, "셋째"로 간칭함)은 고개를 옆으로 비틀어 한 번 째려본다.

장노인(이후, "장씨"라 간칭함)은 둥글게 품어낸 연기를 멍하게 바라보면서 모르는 척 한다.

셋 째   (손에 들고 있던 빗으로 책상을 탁 치면서) 흥!

장 씨   (실눈으로 눈알을 굴리며, 가볍게 웃으며) 하!

셋 째   (갑자기 몸을 뒤로 돌리더니 분투의 정신을 보이며) 당신! (그리고는 말이 없다.)

장 씨   나? 내가 뭘?

애국적(愛國賊) ― 진대비(陳大悲)

셋 째   막 밥 먹고, 무슨 궁상맞은 탄식이에요?

장 씨   뭐? 거참 이상하군? 내가 내 탄식하는데 당신이 무슨 상
        관이오?

셋 째   (웃음을 참지 못해 웃고는, 머리를 돌려 거울을 본다.)
        그래요! 그래! 당신이 저와 무슨 관계가 있겠어요! 그래
        요. "마음속에 있는 생각을 알려면 그 사람 하는 말을
        들어라" 했던가요.

장 씨   (한참 생각을 하다가) 내 말은, 당신이 말하는 그 식모
        말이오 ……

셋 째   (급히 고개를 돌리더니 눈을 부릅뜨고) 뭐라구요? 그 밥
        하는 사람요?

장 씨   내 말을 들어보라고, 여보. 이 식모는 정말 안 되겠다니
        까! 팔보 오리도 제대로 못 만드니 원! 이래가지고 앞으
        로 나더러 어떻게 손님을 청하라구?

셋 째   돼지 잡는 사람 죽었다고 사람들에게 털 달린 돼지고기
        를 먹일 수는 없지요. (아주 느린 어조로) 그 식모가 좋
        지 않으면 한 사람 바꾸면 될 것 아니오! (향수를 옷에
        마구 뿌린다.)

장 씨   흥, 일찌감치 바꿨어야지. 왜 그런데 당신은 안 바꿔?

셋 째   그게 내 소관이에요? (향수병을 놓는다.)

장 씨   집안 일을 당신이 신경 쓰지 않으면 누가 신경 쓴단 말
        이오?

셋 째   (듣는 둥 마는 둥 하면서 손거울을 꺼내들고 몸을 돌려
        뒷머리 매무새를 자세하게 살핀다. 그러다 거울을 놓고
        몇 발자국 앞으로 걸어 나온다.) 나는 집 돌볼 줄 몰라

요. 당신이 더 고명한 사람을 하나 더 얻으시우.

장 씨 (담배를 한 모금 깊게 빨며) 집안일 얘기만 하면 걸핏하면 성질을 부리는구먼. 여보, 당신은 어찌 그렇게 또 자기 몸을 짓밟으려고 그러우?

[두 사람은 서로를 한 번 쳐다보지만, 별로 할 말이 없음을 안다. 셋째부인, 화가 다소 풀리자 걸어서 책상 옆으로 가 서랍을 열려고 한다. 그러나 서랍이 잠겨있다는 것을 벌써부터 알고 있었지만 고의로 몇 번을 밀어본다.

셋 째 열어줘요!

장 씨 뭣 할려고?

셋 째 수표장 꺼내려구요.

장 씨 뭐라구? 어제 칠 백원이나 가져갔는데, 그걸 하루만에 다 썼단 말이오?

셋 째 없으면 관뒤요! (몸을 돌리고는 꼼짝하지 않고 서 있다. 잠시 침묵이 흐른다.)

장 씨 그래, 알았다구, 주지. (품에서 열쇠를 꺼내 서랍을 열고 수표장을 꺼내 책상 위에 펼쳐 놓는다. 그리고는 손에 펜을 쥐고) 얼마나?

셋 째 오 백원요. (가볍게 웃는다.)

장 씨 (고개를 들어 그녀를 보고 웃으며) 화는 다 냈수?

셋 째 (웃으며) 뭐요?

장 씨 (갑자기 펜을 던지며) 참, 그렇지, 나한테 지폐가 있지. 쓰지 않아도 되겠어.

[시녀인 아취가 문을 들어서더니 책상 옆으로 가서 샴페인 술병을 든다.

애국적(愛國賊) — 진대비(陳大悲)

장 씨   (돈을 셋째 부인에게 준다. 오른손으로 그의 어깨를 어루
       만지다가 갑자기 아취를 보며) 아취야! 술은 가져가서
       뭐 하려구?

아 취   어르신께서 자동차가 필요하다고 하셨잖아요? 아삼이 자
       동차를 문앞으로 몰고 오다가 인력거꾼을 받아 기절을
       했어요. 문지기가 브랜디 술이 좀 있으면 그걸 인력거꾼
       에게 먹이면 좋다고 해서.

장 씨   내가 돈을 주고 사온 술인데, 그걸 가지고 그 사람들한
       테 인정을 베풀라구! 그게 인력거꾼에게 어울리기나 하
       는 술이야?

아 취   우리 자동차가 그 사람을 받았거든요.

장 씨   이 등신! 경찰은 뭐하고?

아 취   경찰 말은, 술로 그 사람을 깨우라고 하더라구요.

장 씨   무슨 소리야! 내가 차라리 삼십 원으로 그놈의 관을 사
       주었으면 주었지 술을 마시게는 못하겠다! 이건 외국인
       이 나에게 준 술로, 이백 년이 더 지난 오래 묵은 술이
       라구. 이 술이 값이 얼마나 되는지 너 알기나 해?
       [커튼 안에 숨어있던 도둑이 갑자기 머리를 내미는데, 분
       노를 참지 못하는 기색이다. 셋째부인이 몸을 약간 돌리
       자, 도둑은 몸을 움츠리고 다시 숨는다. 아취는 터져 나
       오려는 분노를 삼키며 술병을 제자리에 갖다 놓는다.

장 씨   썩 나가! 네 할 일이나 하고 쓸데없는 일은 상관하지 말
       어. 이런 자그마한 일은 순경이 알아서 처리할 거니까.
       너 가서 그 등신 같은 문지기에게 그래, 쓸데없는 일에
       신경 쓰지 말라 하더라구! 괜한 문제를 일으키면 내가

그놈들을 먼저 손봐줄 거라구.

[아취 대답을 하고 문을 나간다.

셋 째 (막 돈을 다 세고) 이건 사백 원밖에 안 되는데요.

[전화벨소리 들린다.

장 씨 (전화를 받으며) 여보세요! 예, 그렇습니다. 어르신 말씀
하세요. 여보세요! 감독님이십니까? 저 경헌입니다. 일은
이미 해결이 잘 되었습니다. 예, 예, 예. 틀림없습니다.
외국인을 이미 만나봤거든요. 그 사람 말은 제 9조를 먼
저 수정해야 한다고 그러더군요. 그래서 뒤에 제가 설명
을 했더니 그 사람 아무 말도 하지 않더라구요. 예, 예,
예. 알고 있습니다. (억지로 웃으며) 제가 벌써 신문사에
전화를 해서 표운에게 알려줬습니다. 우리가 먼저 기선
을 제압하는 식으로 선공을 하면 그들이 다시 무슨 소란
을 피운다 해도 무서울 것 없습니다. 서명을 하고 나면
외국인이 결코 관대하지 않을 겁니다. 흥! 흥! 예, 예, 내
일 아침 아홉 시에 공관에 와서 쌍방이 동시에 서명을
하기로 약속을 했습니다. 계약서는 이미 다 준비가 되어
있고, 선생님께서 서명할 것만 기다리고 있습니다. 하
하, 천만에요, 별 말씀을 다 하십니다!

셋 째 무슨 일이에요?

장 씨 (그를 떠밀며) 요즘 전염병이 아주 지독합니다. (아주 진
지한 태도로) 선생님께서 옥체를 잘 유지하시고 보양하
셔야만 합니다! 예, 예, 예. (수화기를 놓는다.)

셋 째 백 원 더 주면 안 돼요?

장 씨 (기쁨을 가누지 못해 고개를 든다. 셋째 부인의 말은 듣

애국적(愛國賊) — 진대비(陳大悲)

지도 못하고) 흥! 흥!

셋 째 (그의 머리를 한 번 툭 치며) 정신 차려요! 내가 묻잖아요!

장 씨 (갑자기) 뭘?

셋 째 백 원이 부족한데, 어때요?

장 씨 백 원! 백 원! 당신은 그저 백 원, 이백 원밖에 모르는군!

셋 째 백 원이 모자라는데 좀 주세요.

장 씨 서두르지 말라구! 내일이면 돈이 뭉치로 들어올 테니까! 그저 백 원, 이백 원 하던 사람은 이해할 수가 없을 거라구!

셋 째 어디서 그런 돈이 나오는데요?

장 씨 (그녀를 바라보며 아주 득의양양하게) 흥! 어디에서 나오냐구? 당신들이 뭘 알겠어? 내일 ― 모레 ― 여하튼 이삼 일이면 지난번에 북대하(北戴河)에 가서 본 그 땅을 다 살 수가 있다구. 내년 봄에는 서양식 집을 잘 지어서 그곳에 가 피서를 해야지. 당신 한 번 보라구, 얼마나 아늑한지?

셋 째 너무 들뜨지 말아요! 우리 대문 입구 벽에 사람들이 거북이하고 귀신 얼굴을 수없이 그려놓고 "매국노"라고 써 놨습디다!

장 씨 (발끈 화를 내며) 누가 당신한테 그런 말을 해 줍디까?

셋 째 (고개를 숙이며) 묻지 말아요. 어쨌든 본 사람이 있으니까.

장 씨 (성이 나서 일어나며) 누가 그런 말을 전해줬는지 그놈이 썼을 게야! 내 반드시 그놈을 잡아 죽여버리겠어.

셋 째 억울한 사람 만들지 말아요! 이건 다 지나다니던 초등학생들이 쓴 것이니까.

장 씨	(한 손으로 책상을 치며) 요즘 학생들, 갈수록 말이 아니라구! 무슨 남녀 동급생이다! 무슨 자유연애다! 다들 과격분자에 파괴당이라구! 그놈 한 놈 한 놈들을 내 모조리 (손으로 죽이는 시늉을 한다.)
셋 째	(그의 입을 막으며) 당신, 입만 벙긋하면 사람을 죽인다고 하는데 당신 지금까지 사람 몇이나 죽여봤어요? 됐어요! 그만하세요! (두 손으로 그의 머리를 이리저리 돌리며) 한 번만 더 성내면 제가 욕을 그냥! (그에게 눈을 부릅뜨고 노한 체 한다.)
장 씨	알았어, 알았다구. (손을 내밀어 그녀를 안으려고 한다.) [장복이 갑자기 들어온다.
셋 째	장복이! 무슨 일이냐?
장 복	밖에 손님이 왔습니다요.
장 씨	누군데?
장 복	그제 왔던 사람인데, 어르신과 같은 고향에 사는 동창이라고 ……
장 씨	이 등신! 넌 "사절"이라는 말도 할 줄 몰라?
장 복	아주 중요한 일이 있다고 해서요!
장 씨	무슨 중요한 일? 또 일자리 좀 구해달라는 것 아냐? 여비 좀 빌려달라던? 가서 그래, 난 이미 외출하고 없다구.
장 복	예!
장 씨	다음에 이런 상관없는 사람들이 보자고 하면 "사절"이라고 한 마디만 해. (장복이 대답을 하고 퇴장을 하려고 한다.) 너 이리 와 봐. 너 일하는 거 보니까 갈수록 퇴보하는 것 같애? 응? (눈을 부릅떠 보이며) 다음부터 너희들

애국적(愛國賊) — 진대비(陳大悲)

중 그 누구도 마님 방에 들어오면 안 돼! 알았어?

[장복이 퇴장한다.

셋 째   당신이 일보는 책상을 방안으로 가지고 들어와 놓고, 어찌 저 사람들을 탓해요?

장 씨   아취를 시켜서 말을 전하라고 하면 안 돼? 심부름꾼들이 부인 방에 들어오면 체통이 서겠수?

셋 째   참! 밖의 그 손님은 무슨 손님이에요?

장 씨   역시 빈둥거리며 일자리를 구하려고 그러는 것 아니겠어?

셋 째   당신 그 사람하고 같이 공부했었어요?

장 씨   누가 알어? 나하고 동창인 사람이 째고 쌨는데! 내가 만일 돈이 없다면 그 누가 와서 나를 동창이라 하겠어? 친구라 하더라도 쳐다보지 않을 게야!

셋 째   무슨 말씀이에요? 생각도 좋으시네. (한 손가락으로 그의 이마를 가리키며) 내 말은, 어찌 관사로 가서 당신을 찾지 않고 이곳으로 찾아 왔냐구요?

장 씨   흥! 관사! 거기 있는 사람들이 뭐 그리 좋은 마음씨를 가졌다구? 일부러 떠넘긴 거라구, 일부러 이런 상관없는 사람을 이쪽으로 떠넘긴 것 아니겠어?

셋 째   (사랑스럽게 웃으면서) 욕하지 마세요! 마음 아프지 않으세요? 당신의 그 뚱보부인은 당신과 십 몇 년을 같이 살지 않았던가요?

장 씨   (듣기 싫어하며) 그만 하라구! 당신도 알다시피 그런 억지 부부, 천하에 많고도 많다구!

셋 째   그럼 당신의 그 세 도령은 누구 아들이에요?

장 씨   (이맛살을 찌푸리며) 말을 할수록 다른 쪽으로 흐르는군!

당신 오늘 어디 갈 건데? (다시 담배에 불을 붙인다.)

셋   째   우리요, 오늘 연극 보는 날이잖아요. 연극보고 나면 아마 양구(梁九)에 카드놀이 하러 갈 거에요. 당신은요?

장   씨   난 오늘 저녁에 해야할 공무가 많지.

셋   째   클럽에는 안 가요?

장   씨   갈 틈이 없어.

셋   째   내 앞에서 군자인 체 하지 말아요! 조삼이 그러는데, 자기 주인 어른이 그러더라고 당신이 조만 간에 사람 하나 얻을 거라고.

장   씨   그 사람들의 쓸데없는 말 믿지 말라구. (의자 팔걸이에 앉아 담배를 피운다.)

셋   째   흥, 누가 누구의 마음을 알겠어요? 흥! 인생이란 정말 한 바탕의 꿈만 같은 거라구요! 우리 여자 몸으로 사는 사람들은요, 운명을 하늘에 맡길 뿐이라구요! 잘 나갈 때는 "부인" "마님" 하고 아주 잘 팔리지만, 나리들이 싫어할 때가 되면 …… 참! 어제 주씨댁 여섯째 부인을 봤어요. 참으로 가련하더라구요! 그래요, 그 여자의 미모가 망가지기는 했다지만, 그러나 그 나리가 그 부인하고 이십 년 넘게 부부로 살았으면 그 부인을 거둬 들여야죠! 마흔이 넘은 노파를 누가 원하겠어요? 참! (화장대 쪽으로 걸어가 서랍에서 손수건을 꺼내 눈물을 닦는다.)

장   씨   집을 나가 여승이 된다고 안 했던가?

셋   째   (우는소리로) 여승이 돼도 돈이 있어야지요! 돈이 없는데 그 누가 붙잡겠어요?

장   씨   (셋째 부인 곁으로 가서 눈물을 닦아주며) 당신이 울면

내 가슴이 아프잖아?

셋　째　우린 당신 같은 사람 좋아하지 않아요! (떠밀면서) 당신 사람을 얻으려면 가서 얻으라구요! 내가 어찌 막겠어요! 당신과 결혼을 해서 부부가 되었고 당신에게 세 아들이나 낳아준 그 정실 부인을 당신은 쳐다보지도 않잖아요! 당신들 같은 이런 남자들의 심장은 참! 흥! 그보다 더 지독한 건 없을 거에요! (급히 돌면서) 어쨌든 난 겁나지 않아요. 만일에 당신이 날 쫓아내려면 빨리 쫓아내세요! 아직은 최소한 오 년 동안 경극의 창을 할 수가 있으니까! (돌아서서 거울을 보며 동작을 해 본다.)

장　씨　이렇게 걸핏하면 자기 직업을 들먹이는데 너무 그리 말라구. (쪼그리고 앉아 고개를 들고 셋째부인을 보며) 우스운 얘기 하나 할까?

셋　째　(몸을 돌려 고개를 흔들며) 내가 당신한테 골백번 그랬지요, 그런 것 싫어한다구! (노래를 부른다.) "달 아래서 급히 취했네 ― "

장　씨　하인들이 들으면 웃겠다.

셋　째　(정색을 하며) 뭐가 두려워요? 뭐가 우스운 얘기고 뭐가 우습지 않은 얘긴데요? 솔직히 말해서 부두에서 왔다갔다하며 장사를 하고, 입에 풀칠을 하는데 믿을 건 자기 재능이지요. 내일 일을 오늘 알지 못하는 그런 첩들보다야 천만 배 낫지요! 흥! 사람 얻으려면 가서 얻으라구요! 우리는 그저 발길에 이 하찮은 것들이니까! 나도 이제 당신과 같이 있는 시간을 줄여야겠어요! (다시 몸을 돌려 거울을 보며 종이 담배에 불을 붙인다.)

장 씨   그런 개자식들이나 가서 얻겠지, 누가!

셋 째   (외면을 하면서 웃으며) 당신 맹세할 수 있어요?

장 씨   내가 만일 ……

셋 째   안 되요! 꿇어앉아 하늘을 보고 해야죠! 당신이 꿇어앉아서 맹세를 하면 내가 믿을 수 있지요. (천천히 담배 연기를 한 모금 품는다.)

[장씨 천천히 무릎을 굽히는데, 아취가 갑자기 문을 들어선다.

아 취   (웃음을 참으며) "어르신 언제 나가실 것인지요?" 아삼이 묻더군요.

장 씨   곧 갈 거야. (아취 퇴장을 하려 한다.) 아취야! 한 가지 물어보자! 그 인력거꾼 죽었어?

아 취   안 죽고 깨어났어요. 순경이 데려 갔어요.

장 씨   됐다, 가봐라. (아취 몸을 돌려 가려고 한다.) 애! 누가 네 머리에 그런 꽃을 달아주던?

[아취 웃으며 퇴장한다.

셋 째   저 애 당신 방에 넷째 첩으로 넣어줄까요? 어때요? 쟤한테 그렇게 관심이 많네요!

장 씨   쓸데없는 소리! 아취야!

[아취 등장한다.

장 씨   마고자를 입어야겠구나! (아취 장롱 쪽으로 옷을 가지러 간다.) 아니다, 내가 아까 응접실에 벗어놓은 것 같구나.

[아취 퇴장한다.

셋 째   오늘은 당신을 용서하겠어요. 내일 돌아와서 다시 하늘에 맹세하는 것을 나에게 보여줘야 해요.

장 씨   그만 해. 다시는 그런 쓸데없는 소리 믿지 말라구.

셋 째   왜? 당신 또 빠져나가 맹세하지 않으려구요?

[아취가 등장, 장씨에게 마고자를 입혀준다.

장 씨   나 간다. (밖으로 나가서 큰소리로 부른다.) 이리 나와봐,
내가 할 말이 있다.

[셋째 부인과 아취, 같이 퇴장한다.

[도둑이 천천히 커튼 뒤에서 나와 허리와 다리를 펴며
화장대 옆으로 가서 서랍을 열고 권총 한 자루를 꺼내
자세히 보다가 품에 넣는다. 다시 머리 장식품 등을 꺼
내 역시 품에 넣는다. 책상 옆으로 걸어간다.

도 둑   (서랍을 열고 안에서 많은 원고 뭉치를 꺼낸다.) 야. 이것
이 바로 매국의 증거로구나. (말아서 품에 넣는다. 문밖에
서 사람 소리 들려온다. 도둑 다시 커튼 뒤로 숨는다.)

[셋째 부인이 등장한다. 아취도 역시 등장한다.

셋 째   밖에 그 사람 누구니?

아 취   (말을 하려다가 그만 두는 모습으로) 그 사람 말로 자기
는 ……

셋 째   말해 봐!

아 취   그 사람 말은, 무슨 근생이라고 하더라구요. (셋째 부인
얼굴빛이 변한다.) 그 사람 말은, 마님이 그 사람 ……

셋 째   그 사람, 날 봤니?

아 취   어찌 못 봤겠어요?

셋 째   (머리를 숙이고 깊은 생각에 잠겼다가, 굳게 결심을 하
고) 그래, 너 가서 그 사람 들어오라고 해라!

아 취   문간방에 사람들이 그렇게 많은데 괜찮을까요?

셋 째 무슨 상관이야? 내 남편인데, 다른 도리가 없지. 문간방 사람들이 물으면 "외삼촌이라고 해!"

[아취 퇴장한다. 셋째 부인 서랍을 열고 총을 찾는데 보이지 않자 마음이 아주 조급해진다. 헤지고 오래된 검은 도포를 입고 가슴에 단추를 채우지도 않은 근생이 아취를 따라 등장한다. 아취 퇴장한다.

근 생 (삿대질을 하며 크게 욕설을 한다.) 이 망할 년! 감히 나를 배신하고 도망을 쳐! 가! 가자구! 가서 재판을 받자구!

셋 째 (떨리는 소리로) 재판을 받자면 재판을 받자구요, 겁날 게 뭐 있어서?

근 생 네가 무서워하지 않는다는 것을 내가 잘 알지! 그래 넌 세력을 가진 사람이니까! 돈 많은 놈의 부인이지! 안 그래?

셋 째 돈 많은 놈? 상관 말아요! 무슨 이유로!

근 생 흥, 내 일찍부터 그놈을 잘 알고 있었지. 그 도둑놈 같은 새끼 좋은 놈이 아니라는 것 말야! 무슨 신문사의 연극 평론가? 제비 같은 놈! 지금은 무슨 벼슬을 한다지? 나 그놈 안 무서워!

셋 째 여보, 당신이 잘못 알고 있어요. 지금 남편은 이전에 당신이 상해에서 만났던 그 개화 신문사의 반씨란 사람이 아니라구요. 반씨라는 그 사람! 그래요, 지금은 아주 돈 많은 벼슬아치에요. 그런데 지금 이 사람은 장씨라구요. 당신 사람 잘못 보지 말아요.

근 생 난 그런 거 물을 바 아냐. 어쨌든 어떤 놈의 새끼가 요 놈의 마누라를 차지하고 있는지 내 그놈에게 할 말이 있다 이거지. (품안에서 작은 칼을 하나 꺼내 책상에다 꽂

애국적(愛國賊) — 진대비(陳大悲)

는다.) 나는 이 목숨 하나 뿐이다! 누가 이기는지 한 번
해 보자구.

셋 째   근생씨! (우는소리로) 한 번 들어보세요. 전 지금 그 때
당신을 배반하고 도망친 걸 아주 후회하고 있어요! 요
몇 년 동안 참으로 너무나 고생했어요! 그 반씨란 놈이
날 속여 하얼빈으로 데려가서는 내가 가지고 있던 장신
구는 다 저당 잡혀 날리고, 그리고는 날 기생촌에 팔아
넘기려고 하였어요. 어렵사리 내가 그런 의중을 간파한
후 애원 애원해서 팔리지는 않았어요 ― (흐느낌으로 소
리가 나오지 않는다.) ― 저 ― 저 ― 전 하얼빈에서 이
름을 "금강첩"이란 극명으로 바꾸어 북경까지 오게 되었
다구요! 뒤에 다행히 이 장씨라는 사람이 저를 구해 줬
지요!

근 생   누가 너를 구해 줘?

셋 째   바로 지금의 이 장씨란 사람요.

근 생   (화가 점점 풀리며) 그 사람이 어떻게 당신을 구했단 말야?

셋 째   그 반씨는 도박을 좋아했는데, 바로 이 장씨와 도박장의
친구였지요. 어느날 저녁 내가 경극 공연이 없는 날이라,
그 반씨가 날 평안 영화관으로 데리고 갔는데, 그 때 이
장씨란 사람이 그 사람에게 나를 넘겨 달라고 부탁을 했
지요. 그 반씨가 인정상 나를 장씨에게 넘겨줬어요. 이튿
날 반씨는 아주 돈 많은 관직을 얻게 되었고, 북경에서
자가용을 타고 다니는 돈 많은 사람이 되었지요!

근 생   그 반씨란 놈 지금 어디 있어? 내가 찾아갈 거야. (칼을
뽑고 떠나려고 한다.)

셋 째	찾아가도 소용없어요. 어쨌든 난 이제 그의 사람이 아니에요. 여보, 솔직히 말해 보세요. 당신 이 사람을 원하는 거에요, 아니면 돈을 원하는 거에요?
근 생	(한참 망설이다가) 사람도 원하고, 돈도 원하지. (책상 앞 의자에 앉는다.)
셋 째	(의자 옆으로 가서 그의 머리를 쓰다듬으며) 제가 당신을 대신해서 가만히 생각을 해 보니까, 역시 돈을 가지고 가는 것이 좋겠어요.
근 생	얼마를 주겠나?
셋 째	얼마나 필요한데요?
근 생	이천 원이 ― 필요해. 많지 않지?
셋 째	그건 어렵지 않아요. 당신 돈만 있으면 되고, 난 필요하지 않으세요?
근 생	(망설이다가) 너 …… 너 생각 한 번 해 봐라. 내가 어떻게 너에게 미련이 없겠니? (두 사람 모두 아주 처량하고 비참하다.) 하지만 ……
셋 째	하지만 돈이 없으면 살아갈 수가 없다, 그 말이죠?
근 생	그래.
셋 째	우리 예전에 늘 하던 말대로 같이 가서 죽읍시다!
근 생	넌 지금 못 죽어.
셋 째	어째서 지금 내가 당신을 따라 못 죽는다고 보세요?
근 생	넌 지금 일품 고관의 부인인데, 어떻게 징 치는 이 사람과 함께 죽을 수가 있겠나?
셋 째	웃기는 소리 그만 하세요. 내가 내일 우선 당신에게 천 원을 줄게요. 오늘이 수요일이니까, 다음주에 또 천 원을

애국적(愛國賊) ― 진대비(陳大悲)

주고. 어때요? 하지만 당신은 사주단자를 돌려주고, 또 이혼장을 써 줘요.

[아취가 등장한다.

근 생   안 돼! 나는 오늘 돈이 필요하단 말야.

아 취   마님, 어르신 돌아오셨어요.

셋 째   그럼 당신 어떻게 해요? 마음대로 하세요! 내가 당신을 따라 떠날 것을 원한다면 오늘 당신이 나서서 그 사람을 한 번 만나보세요! 당신이 돈을 원한다면 빨리 방법을 생각해 내어 도망을 치구요!

아 취   아이구! 마님, 급하다니까요! 어르신이 곧 들어오신다구요! (장노인이 밖에서 욕하는 소리가 들린다.) 지금은 도망칠 시간이 없어요.

근 생   (당황하며) 숨을 곳 없어?

아 취   침대 밑에 숨으세요!

셋 째   안 돼지. (옷장을 가리키며) 이리 들어가세요!

[근생 옷장으로 들어간다. 아취 퇴장한다. 셋째 부인 옷장을 잠근 후, 화장대 앞으로 가서 서랍을 정리하는 척하며, 서랍 속의 물건들을 들어냈다가 다시 하나하나 넣는다. 아취가 다시 등장한다.

셋 째   (고개를 돌리며) 사람은?

아 취   어르신, 돌아왔다가 다시 나가셨어요.

셋 째   문 좀 열어 드려라.

[아취 옷장을 연 후, 열쇠를 옷장에 그대로 놓아둔다. 근생이 뛰어 나오면서 아취의 발을 밟는다.

아 취   아 — 야 — 아 — 야 !

근 생	답답해 사람 죽겠다! 이 방법은 안 되겠다. 만일에 그 사람이 돌아와 나를 찾아내면, 내가 무슨 할 말이 있겠나?
셋 째	당신이 돈만 원하고, 사람은 원하지 않으니깐 그렇죠!
근 생	후!
셋 째	너 빨리 나가보아라. (아취를 향하여)

[아취 대답하고 퇴장한다. 그들 둘은 책상 옆으로 가서 한 마디 말도 없다. 도둑이 손을 내밀어 옷장을 잠그고 열쇠를 가져간다.

근 생	왜 그런지 모르겠지만 아까 들어왔을 때는 간이 컸었는데, 지금은 심장이 아주 두근거리는구먼. 당신 빨리 돈을 주라고, 곧 떠나게.
셋 째	아까는 당신 마음속에 이유가 있었기 때문에 간이 컸지요. 지금은 돈밖에 모르니 당연히 간이 작아졌지요! 당신 오늘 얼마나 가셔가겠어요?
근 생	있는 대로 우선 좀 줘. 현금이 없으면 패물도 좋으니까.
셋 째	우선 삼백 원만 가지고 가세요. 어때요?

[아취가 뛰어서 등장한다.

근 생	빨리 줘!
아 취	안 되겠어요. 어르신이 또 돌아왔어요!

[셋째 부인 근생을 옷장으로 민다. 옷장 문이 열리지 않자 아주 다급해 한다. 근생 커튼 뒤로 숨고, 장노인이 매우 흥분된 모습으로 등장한다. 아취 퇴장한다.

장 씨	어찌된 거요? 아직도 안 나갔어? (큰 소리로) 아취야! 누구도 방문 앞에 얼씬하지 못하게 밖에서 잘 지켜라.
셋 째	머리가 아파요. 기분도 별로 좋지 않고. (상을 찡그린다.)

장 씨   오늘 저녁에 서명을 해야하니까, 다들 나가라구! 나 혼자 방에서 공무를 좀 봐야되겠어!

셋 째   전 오늘 머리가 아파서 안 나갈래요. (침대 모서리에 나른하게 앉는다.)

장 씨   귀여운 당신아! 내일 우린 큰 부자가 될 수 있단 말이요! 좋지!

셋 째   아이구. 돈 벌지 말아요! 머리가 아파 죽겠어요!

장 씨   당신 밖에 있는 저 침대에 가서 좀 누워 있어요. 난 여기서 아주 비밀스런 아주 중요한 일을 해야하니까! (부인을 침대에서 일으킨다. 셋째부인 일어나려고 하지 않는다.) 당신 얼마가 필요한지 필요한 만큼 내가 주지! 아까 사천 원을 땄는데 이천 원을 당신한데 주리다. 어때요? (돈을 센다.)

[장노인 책상 옆으로 가서 서랍을 열어 계약서를 찾는다. 도둑이 커튼 뒤에서 손을 셋째 부인에게로 내민다. 셋째 부인은 근생의 손으로 생각하고 돈을 준다.

장 씨   엇! 계약서 어디 갔지? (고개를 돌리다가 돈을 건네는 걸 보고 놀라며) 어? 너희들 짓이구나. (화살같이 화장대로 달려가 서랍에서 권총을 찾는다.) 권총은? 밖에 아무도 없느냐!

[도둑은 벌써 근생의 장삼을 걸치고 총을 들고 커튼 뒤에서 나온다. 두 사람 얼굴 색이 변한다.

장 씨   넌 ……

도 둑   더 입을 놀리면, 너의 목숨은 끝장이다. 사천 원을 땄어? 나머지 이천 원은 어디 있지? 꺼내놓으면, 너의 그 개목

숨은 살려주겠다.

장 씨   넌 누구냐?

도 둑   난 누구도 아니다! 나는 도둑이다! 당신은 나라를 팔아
먹는 나리 — 아니 — 어르신 — 그래 안 그래?

장 씨   나는 매국적(賣國賊, 나라를 팔아먹은 도둑)이 아니야.

도 둑   감히 다시 한 번 "도둑"이란 말을 해 봐라! 난 알고 있
지, 당신은 나라를 팔아먹은 적은 있어도 도둑이 되었던
적은 없다는 것! 당신들 같은 이런 개자식들에게 "도둑"
이란 말이 어울리기라도 할 것 같애? 그저 "나으리"란
말이 어울리고, "어르신"이란 말이 어울릴 뿐이지! 나라
를 팔아먹어 놓고 무슨 "도둑"이란 말을 붙이려고? 우리
는 도둑질은 해도 나라를 팔아먹지는 않지! 나라를 외국
사람에게 팔아먹으면 우리가 어디 가서 물건을 훔치겠
어? 도둑질은 해봤어도 나라를 팔아본 적은 아직 없었
어! 나라를 팔아먹는 놈들은 바로 당신들 같은 대인! 나
으리들! 당신 같은 대인 나으리들이 나라를 팔아먹어 놓
고, 우리 도독의 명예를 더럽히려고 해! 앞으로도 나라를
팔아먹고 또 도둑인체 할 거야?

장 씨   내 다시는 안 그러리.

도 둑   쓸데없는 소리 그만 해! 도박에서 따온 돈 나 좀 빌려
줘! (왼손을 내밀자 장씨 돈을 건네준다.) 잠깐! 당신 이
돈 정말로 도박해서 딴 거요? 만일에 나라를 판 돈이라
면 내 당신 돈 가져가지 않겠어! 솔직하게 당신에게 말
하지만, 우리 도둑질하는 사람들은 나라를 사랑하지 않
는 사람이 없어. 기꺼이 나라를 팔아먹는 사람은 바로

애국적(愛國賊) — 진대비(陳大悲)

당신들 같은 대인 나으리들이라구! 고생스럽겠지만, 개새끼 여우만도 못한 너희 대인 나으리들에게 내 얘기를 좀 전해 줘! 앞으로 우리 도둑들의 명예를 더럽히지 말라구! 알아들었어! (방문앞으로 걸어가며) 그리고 한 마디만 더 하지. 당신이 나라를 팔아먹으려고 만들어 놓은 그 계약서 이미 내 품안에 있으니까 찾을 필요 없다구! 하하하하! 그럼 안녕히 계시길!

[도둑이 퇴장한다.

장 씨   아이구, 내 계약서를 훔쳐간다! 장복아! 주귀야! 야이 개자식들아 빨리 저 도둑놈 잡아라!

[장복 주귀 몽둥이를 들고 등장한다.

주 귀   외삼촌이 그러는데, 도둑놈은 침대 밑에 있답니다요. (커튼 안으로 들어가 근생을 끌고 나온다. 근생의 장삼은 이미 도둑에게 빼앗기고 짧은 옷만 입고 있다. 장노인과 셋째부인은 크게 놀란다.)

장 씨   넌 누구냐?

근 생   난 (셋째부인을 가리키며) 이 사람의 남편이다.

장 씨   (근생의 옷을 잡으며) 넌 뭣 하는 놈이야? (근생이 한 방 먹이자 장씨 바닥으로 나가떨어진다.) 감히 나를 때려? 소란을 한 번 피워보겠다는 거야? 너희들 이 놈 안 때리고 뭐하는 게야?

근 생   내말 들어보라구! (장복과 주귀에게 눌려서) 나는 저 사람 남편이고, 저 사람은 내 여자란 말야! 너희들, 높은 벼슬한다고 남편 있는 여자를 꾀어가도 되는 거야? 무슨 놈의 법이 이런 법이 있어?

셋 째   손 놔라! 이 사람은 내 남편이다!

        [아취가 등장한다.

아 취   엇? 외삼촌, 아까 나가지 않았어요?

주귀 장복 (근생의 얼굴을 자세히 보며) 그래요! 아까 일찌감치 떠
        나지 않았어요?

장 씨   허? 너희들 도대체 어떻게 된 게냐?

                                (막이 내린다.)

압박(壓迫)

-정서림(丁西林)-

● 작가 및 작품 소개

정서림(1893~1974)은 원명이 정명철(丁明哲)·정각선(丁覺先)이다. 필명으로 각선(覺先)·백정(白丁)·홍호(洪湖) 등을 썼다. 호북(湖北) 홍호(洪湖) 사람이다. 1942년에 남경에서 중국 공산당에 가입하였고, 같은 해부터 작품을 발표하기 시작하였다.

1947년 후 호목(胡牧) 등과 ≪평민시가총간(平民詩歌叢刊)≫·≪시주류총간(詩主流叢刊)≫·≪시행열총간(詩行列叢刊)≫ 등을 출판하였다. 해방 후 남경의 청년 문예 공작자 협회(靑年文藝工作者協會) 상무이사를 지냈으며, ≪문예학습(文藝學習)≫ 편집장, ≪시간(詩刊)≫ 편집부 주임, 중국 당대(當代) 문학연구회 이사, ≪시탐색(詩探索)≫ 부편집부장 등을 역임하였다.

그의 주요 작품으로는 시집 ≪소환(召喚)≫·≪재해지역의 작은 이야기(災區的小故事)≫·≪농촌에서 도시로 불려옴(從鄕下唱到城里)≫·≪큰 붉은 꽃(大紅花)≫·≪부수집(俯首集)≫ 등이 있고, 서사 장편 시 <구한(仇恨)>·<빛나는 날(發光的日子)>·<북경의 아침(北京的早晨)> 등이 있다. 또 문학평론이 많다.

<압박>은 1925년에 창작된 것으로 신월서점(新月書店)이 1935년에 출판한 ≪서림단막극(西林獨幕劇)≫에 수록되어 있다.

작자는 이 작품의 <서언>에서 말하기를, 이 작품은 자기의 불쌍한 북경의 한 친구를 위해 쓴 작품이라고 밝히고 있다. 친구는 가

족도 없고 세 들어 살 방도 없이 어렵게 살다가 마침내는 또 전염병에 걸려 죽었던 것이다. 바로 그 죽은 친구를 기리기 위해 <압박>을 썼다 하였다.

<압박>에는 강한 사회적 의의가 담겨있다. 작자는 작품을 통해 불합리한 사회현상을 풍자하고 비판하며, 봉건사상을 비난하고 폭로하려는 의도를 잘 표현하였고, 압박에 반항하려는 젊은이들의 지혜와 용기를 찬미하고 있다. 재치가 넘치는 언어와 생동적인 희극성(喜劇性)이 잘 표현되어 있어 홍심(洪深)은 당시 이 작품을 "희극(喜劇) 중 가장 걸출한 작품"이라고 평가하였다.

압박(壓迫) ― 정서림(丁西林)

압박

-유숙화를 기념하여-

숙화에게

이 짧은 극을 자네에게 바치네. 이 작품 속에 나오는 주인공의 그 사랑스런 성격은 자네를 암시하고 있는지 아닌지는 감히 말할 수 없지만, 이 작품의 스토리는 자네로 인해서 엮어지게 되었다네. 작년 겨울 — 아마 자네도 기억하겠지만 — 자네가 우리를 떠나 스스로 다른 방을 하나 구해 살겠다는 생각을 했을 때, 어느날 밤 우리는 화롯불 옆에 앉아 불을 쬐며 이런 일을 이야기했었지. 우리는 농담으로 자네가 만일 결혼을 안 하면 분명히 방을 구하지 못할 것이라 했었지. 왜냐하면 북경에서 방을 구하려면 첫째 보증인이 있어야 하고, 둘째는 가족이 있어야 한다는 두 가지 조건이 만족되어야만 했기 때문이었지. 그 때 나는 이 제목이 아주 재미있겠다는 생각이 들어 자네를 위해 짤막한 극을 한 편 써야하겠다고 말했었지. 그러고 나서 일 년 넘게 시간이 지나버렸네. 올해도 몇 번이고 이 극본을 써야겠다고 생각을 했지만 그 뜻을 이루지 못했네. 이제 이 극본을 억지로라도 탈고를 하게된 셈인데 자네는 이미 세상을 떠나고 말았네! 이전에 내가 쓴 몇 편의 습작들 모두 자네가 먼저 훑어보고 난 후에 발표를 했었지. 이 작품은 특별히 자네를 위해 쓴 것인데, 오히려 자네의 비평을 들을 수가 없게 되었으니, 이는 너무나 사람의 마음을 아프게 하네.

짤막한 이 극본은 그저 환상일 뿐이네. "문제"도 없고, "교훈"도 없다네. 그러나 자네의 죽음으로 인해 이 작품은 특별한 의미를 가지게 되었다네. 자네가 어떻게 죽어갔는지 자네는 아는가? 자네의 병은 유행병이었다네. 자네는 파리가 물어뜯어서 죽게 되었다네. 파리가 어찌 사람을 물어뜯을 수 있겠는가? 하지만 자네가 병원에 입원해 있을 때, 자네 친구들이 늘 찾아가 문병을 할 때면 자네는 침대에 누워있었는데, 자네 몸에는 물론이고 자네가 마시던 우유잔 위에는 자네를 위해 때려잡은 파리가 수없이 늘려 있었지. 간호해줄 사람도 없는 그런 상황에 처해있던 자네를 파리가 물어뜯어 죽였다고 말한다 해도 그렇게 이치에 어긋나는 것이 아닐 것일세. 그래서 나는 이런 생각을 해 보았다네. 자네가 진짜 방을 구할 때 만일 극 속의 주인공처럼 동정심이 많은 사람을 만나 자네와 "연합을 하여" 유산계급의 압박뿐만 아니라 사회의 모든 압박과 기만에 대해 저항을 할 수만 있었다면 분명 자네는 죽지 않았을 것이라는 그런 믿음을 말일세.

자네는 아주 해학이 넘쳤던 사람이었기에, 내가 이런 희극(喜劇)으로 이미 죽어버린 친구 자네를 기린다는 것에 원망은 하지 않겠지. 나는 원래 비관적인 성격을 가진 사람이 아니잖은가? 자네도 알겠지만 내가 이 극본을 다 쓰고 자네를 생각하니 그저 처량함과 비애가 주체할 수 없도록 가슴속을 엄습해 온다네.

서 림

1925년 12월 7일

압박(壓迫) — 정서림(丁西林)

남자손님

여자손님

셋방주인

늙은하녀

순경

배 경

한 칸의 중국 구식 방이다. 뒤쪽에 있는 문은 마당으로 통하는 문이고, 좌우 양쪽 벽에는 작은 방으로 통하는 문이 각각 하나씩 있다. 방 중간의 약간 오른 쪽에는 네 모난 탁자가 하나 있고, 그 사방으로는 여러 개의 작은 걸상들이 놓여있다. 탁자 위에는 하얀 천이 덮여 있고, 그 가운데에는 석유 등잔과 다구들이 놓여있다. 약간 왼 쪽으로 하나의 차탁과 두 개의 의자가 벽에 기대어 놓여 있다. 한 의자 등받이에는 비옷이 걸쳐져 있고, 그 옆에 는 손가방이 하나 놓여 있다. 뒤쪽 왼편에는 세수할 때 쓰는 거울 달린 자그마한 탁자가 벽에 기대어 있는데, 그 위에는 시계와 꽃병이 놓여 있다. 방안에는 또 다른 물건들이 놓여 있고, 벽에는 글씨와 그림이 몇 폭 있으 나 모두 아주 간단하고 소박한 것들이다.

막이 열리면 거친 나사로 만든 양복을 입고 긴 장화를 신 은 한 남자가 차탁 옆에 있는 의자에 앉아 담뱃대를 물고 담배를 피우고 있고, 나이 많은 한 하녀가 문밖에 서서 손을 처마 쪽으로 내 밀어 비가 오는지를 알아보고 있다.

중국 현대 단막극선

늙은하녀 (방안으로 들어오며) 비는 안 오는데 왜 아직도 안 돌아
오시지? (탁자에서 차 주전자를 가져와 차탁 옆으로 걸
어가 손님에게 차를 따라준다.)

남자손님 (참지를 못하고 일어선다.) 아이 참, 우선 먹을 것 좀 가
져오면 안되겠소?

늙은하녀 먹을 것은 있어요. 그렇지만 이것도 마님이 돌아오셔야
됩니다.

남자손님 먹는 것도 마님이 돌아오길 기다려야 된단 말이요?

늙은하녀 (한숨을 쉬며) 그래요. 먹는 것도 마님이 돌아오길 기다
려야 하고, 방에 관한 일도 마님이 돌아오길 기다려야
합니다요.

남자손님 그래요, 마님이 돌아오길 기다립시다. 어쨌든 그렇고 그
런 일이라, 마님이 돌아와도 그렇고, 마님이 돌아오지 않
아도 그렇고. (다시 앉는다.)

늙은하녀 (고개를 흔들며) 보아하니, 마님은 그 방을 댁한테 세 주
지 않을 것 같은네요.

남자손님 나한테 세를 주지 않는다고요? 그럼 누가 그 여자에게
나의 계약금을 받으라고 했지?

늙은하녀 그래요, 그건 이집 아가씨 착오였어요. 사실 — 음 — 마
님은 성질이 아주 괴팍합죠. 선생님 같은 분에게 무슨
큰일 날 게 있다고? 밤중이 되도 집에 남자가 하나 있으
면 도움이 될 텐데 말입니다.

남자손님 이 방, 이전에 다른 사람이 세든 적 없었어요?

늙은하녀 이 방은 이미 일년 넘게 비워놓고 세 주지 않았답니다.

남자손님 이 방은 그렇게 나쁘지도 않은데 왜 쓸 사람이 없었지?

늙은하녀 쓸 사람이 없어요? 누가 봐도 다 방이 좋다고 하면서 세
를 얻고자 하였지요. 이 방은 깨끗하기도 하고 또 밝기
도 하고, 또 앞에는 저런 화원도 있고 말에요.

남자손님 그럼 왜 일년 넘게 세를 내 놓지 않았답니까?

늙은하녀 선생님도 외인이 아니니까 말씀드려도 괜찮겠지요. 아시
다시피 우리 주인 마님은 카드놀이를 좋아해서 하루 내
밖에서 살아요. 집에는 그저 저하고 아가씨하고 둘 뿐이
지요. 누가 집을 보러 오면 아가씨가 나서서 맞이를 하
지요. 가족이 있는 사람이 부인과 애들이 있다고 말을
하면 아가씨가 거절을 해서 돌려보내고, 가족이 없는 사
람이 오면 아가씨가 동의를 하는데, 마님이 돌아온 후
들어보고 가족이 없다 그러면 마님이 거절을 해 버린답
니다. 이렇게 하다가는 일 년은 커녕 십 년이라도 제가
보기에는 세를 주지 못할 것 같아요.

남자손님 어떻게 이런 일이 이전에도 있었나요?

늙은하녀 몇 번이나 있었는지 몰라요. 매 번 방을 세 줄 때 아가씨
는 마님하고 한 바탕 싸움을 한답니다. 평상시에는 아가
씨가 마음대로 하지 못했는데, 이번에 아가씨가 마음대로
해서 선생님의 계약금을 받아 일이 이렇게 된 거지요.

남자손님 만일 아가씨가 일찌감치 마음대로 했더라면 이 방은 벌
써 세를 놓았겠군요.

늙은하녀 그렇지요. 그렇지만 보통 셋방을 구하려는 사람들은 방
을 못 주겠다고 그러면 그 사람들은 말없이 포기했어요,
선생님처럼 이렇게 하지 않고. ……

남자손님 괴상하구먼, 안 그래요? 당신 마님 성질도 참 괴팍하고,

내 성질도 너무 괴팍한데, 이렇게 괴팍한 두 사람이 함께 만났으니 이 일은 참 해결하기가 쉽지 않겠군요. 그런데 내가 보기에도 이 집은 괜찮아요, 특히 앞의 저 조그마한 화원은 더 그렇고.

늙은하녀 선생님의 모습을 보니 조용한 걸 좋아하실 것 같군요. 여기는 하루 종일 시끄러운 소리가 조금도 없답니다. 선생님이 근무하는 곳이 여기서 가깝기도 하고. 그래서 …… 제가 선생님을 위해 생각을 해 봤는데요 ……

남자손님 나를 위해 무슨 생각을요?

늙은하녀 …… 선생님은 가족이 있는데, 며칠 있다가 오게 된다고 이렇게 말을 하면 마님은 분명히 이 방을 선생님께 세 주겠다고 허락할 거에요.

남자손님 그렇군요. 그런데 며칠이 지나도 가족이 안 오면 어쩌지요?

늙은하녀 얼마간 사는 동안에 선생님의 모든 것이 다 좋다는 것을 보게 되면 마님도 관계치 않을 거에요.

남자손님 안 돼요, 안 돼. 결혼 안 한 것이 죄도 아닌데 왜 집을 세 주는 것까지도 안 된다고 그러죠?

늙은하녀 오, 전 그저 선생님이 이렇게 방에 호감을 가지셨는데, 만일 세를 얻지 못하면 마음이 분명 편치 않을 것 같아서 이렇게 쓸데없는 생각을 해 봤을 뿐입니다. 전 원래 뭘 잘 모르는 사람이에요. — 아, 아마 마님이 돌아오신 것 같군요. (문앞으로 걸어가 큰 소리로) 마님이세요? (밖에서 대답을 한다.) 예, 여기 있습니다요. (걸어 나간 후, 손님도 일어나서 좀 있자, 집주인 마님이 뒷문으로 걸어 들어온다. 늙은하녀 그의 뒤를 따른다.)

압박(壓迫) ― 정서림(丁西林)

셋방주인   미안합니다. 기다리시게 해서요.

남자손님   제가 미안합니다, 폐를 끼쳐서요. 제가 댁의 할멈보고 가
         서 괴롭히지 말라고 했는데 저의 말을 듣지 않더군요.

셋방주인   괜찮습니다. (가죽 지갑에서 돈을 한 장 꺼내어) 아, 이
         건 선생님이 남기고 갔던 계약금이에요, 받으세요.

남자손님   아, 미안합니다. 전 오늘 여기에 묵으러 왔지 계약금 받
         으러 온 게 아닙니다.

셋방주인   뭐라구요? 어제 제가 분명하게 말씀을 드렸잖아요, 이
         방은 댁에게 줄 수가 없다고.

남자손님   아, 예. 하신 말씀은 잘 알았습니다.

셋방주인   그런데도 선생님이 오늘 사람을 시켜 이곳에 짐을 옮겨
         온 것은 무슨 의미지요?

남자손님   (아주 기쁘게) 왜냐하면 오지 말라고 말한 사람은 댁이
         지 제가 아닙니다. 전 결코 오지 않겠다고 댁에게 말한
         적이 없습니다. 그렇지 않습니까?

셋방주인   (점점 불쾌해 하며) 댁이 한 말, 전 이해가 잘 안 되는군
         요. 댁의 말씀은 이 방에 세를 드느냐 안 드느냐 하는
         것은 당신의 대답에 달렸다는 것 같군요, 그런가요?

남자손님   오, 아니죠, 이 방을 세 놓고 안 놓고는 물론 댁에게 달
         렸지요. 그렇지만 이 방을 이미 저에게 세를 줬으면 방
         을 물리느냐 물리지 않느냐 하는 문제는 제가 대답을 해
         야 하는 것이지요. 아시겠지만 지금 문제는 이 방을 세
         주느냐 안 주느냐가 아니라 물리느냐 물리지 않느냐 하
         는 문제지요.

셋방주인   (점점 화를 내며) 제가 이 방을 언제 댁에게 세 주었습

니까?

남자손님   아주머니가 이미 계약금을 받았으니 세 준 거나 마찬가지죠.

셋방주인   정말 귀신을 만났구먼. 내가 언제 댁의 계약금을 받았다고 그래요? 철없는 제 딸이 한 거죠.

남자손님   철이 없다구요? 따님은 어린애가 아니잖아요.

셋방주인   오, 지금 이런 쓸데없는 말은 할 필요가 없어요. 전 이 방을 세를 놓지 않겠다는 것이 아니에요. 전 가족이 있는 사람에게 세를 줄 거란 말에요. 만일 선생님께서 가족이 와서 함께 산다면 이 방을 댁에게 주는 것에 대해서 전 아무 할 말 없습니다.

남자손님   이런 말은 조금도 이치에 닿질 않아요. 아주머니가 방을 세 놓을 때 가족 문제를 설명했습니까? 제가 아주머니를 속였습니까?

셋방주인   (부드러운 모습으로 태도를 바꿔) 셋방을 내 놓을 때는 말을 안 했지만, 제가 어제 선생님께 말씀을 드렸잖아요, 저희 집에는 남자가 없어서 ……

남자손님   (그의 말을 막으며) 아, 아, 한 번 여쭤봅시다. 아주머니가 집을 세 놓을 때는 남자가 있었습니까? 왜 지금 와서 그런 생각을 하게 됐습니까?

셋방주인   정말 대책이 없군요. 전 당신과 말씨름 할 정도로 그렇게 시간이 많지 않아요.

늙은하녀   (서로 좋게 하자는 생각에) 오, 마님, 오늘은 시간도 늦었고 날씨도 또 비가 내리는데, 지금 이 선생님이 다른 집을 구하는 것도 그렇게 쉽지 않을 것입니다. 그러니

이 선생님을 여기에 하룻밤 묵게 하고 내일 다른 방법을 찾아보도록 하시지요.

남자손님 (고집을 부리며) 안 됩니다! 말을 이렇게 해선 안 되지요. 내가 이 방을 세 얻지 않았다면 곧바로 가겠지만, 이미 나의 계약금을 받은 이상 이 방은 나에게 세 주지 않으면 안 되지요.

셋방주인 말씀드리지만, 오늘밤에 반드시 나가지 않으면 안 됩니다.

남자손님 (냉소를 보이며) 흥! (앉는다.)

셋방주인 (그의 앞으로 가서 서며) 안 가요?

남자손님 안 갑니다.

셋방주인 왕씨 어멈, 가서 순경을 불러와요.

늙은하녀 오, 마님!

셋방주인 가서 순경을 불러 오라니까요.

남자손님 순경이 오면 또 어쩔 건데요? 순경도 이치대로 해야지.

늙은하녀 마님, 제 생각엔 ……

셋방주인 순경을 불러오란 소리 들었어요 못 들었어요? ― 갈 거요, 안 갈 거요?

늙은하녀 알겠습니다요. (뒷문으로 걸어 나간다.)

셋방주인 곧바로 오라고 하세요! (뒷문으로 나가며 문을 쾅 닫는다.)

남자손님 (어쩔 도리가 없어, 호주머니에서 담배쌈지와 담뱃대를 꺼낸다. 쌈지 속의 담배가 동이 나서, 가죽 가방 안에서 담배통을 꺼내어 새 담배통을 열어 우선 쌈지에 가득 담은 다음 담뱃대에 담배를 넣는다. 막 담배를 피우려고 하는데 갑자기 문 두드리는 소리가 난다. 엄한 소리로) 들어오세요! (여전히 문을 등지고 서있다.)

여자손님 (문을 열고 가볍게 걸어 들어온다. 몸에는 우비를 걸치고 한 손에는 작은 가죽 가방을 들었으며, 다른 한 손에는 우산을 들었다. 문을 들어서자마자 입을 열고 말을 하는데, 말을 기관총을 쏘듯 늘어놓는다.) 아, 미안합니다, 용서해 주십시오. (남자손님이 급히 몸을 돌린다. 그제서야 금방 들어온 사람이 이런 사람이라는 것을 알게 된다.) 이러는 게 무례인 줄 압니다만, 다른 방법이 없었습니다. 선생님댁 대문을 닫아 놓지 않았기에 제가 여러 번 문을 두드렸는데도 아무도 대답을 하지 않아서 어쩔 수 없이 이렇게 들어왔습니다.

남자손님 (성이 아직 가라앉지 않았지만, 입에 물었던 담뱃대를 내려서 탁자 위에 놓으며) 무슨 일이 있습니까?

여자손님 저요? 전 여기 대성회사에 일하러 온 사람이에요. 오늘 낮 북경에서 오는 길인데, 오후 세 시 찬데 여섯 시가 되어서야 도착을 했으니 구십 리를 두 시간 반이나 걸렸군요. 보세요! 전 지금 살 집을 찾아야 하는데 기차역에서 몇 군데 알아보고 연달아 서 너 집을 돌아보았지만 마땅한 집을 아직 찾지 못했답니다. 어떤 사람이 저에게 가르쳐 주기를 여기에 빈방이 몇 개 있다고 ……

남자손님 (상대를 만났다 싶어) 아, 댁도 방을 얻으러 왔군요!

여자손님 예, 여기 방 세 나갔는지 모르겠군요.

남자손님 (마음을 독하게 먹고) 운이 좋지 않군요. 이 방은 금방 셋방으로 나갔습니다.

여자손님 아이구, 제 운이 나쁘다고 댁이 그러셨는데, 정말 제 운이 좋지 않군요. 이런 날씨를 만났고, 또 이런 시골길은

압박(壓迫) ─ 정서림(丁西林)

걷기도 힘들고. 이것 좀 보세요, 옷이 몽땅 다 젖었잖아
요. 두 다리는 걸어서 시큰시큰 하고 말예요. (한숨을 쉰
다.) 저, 선생님 댁 의자에 좀 앉아 잠깐 쉬어도 될까요?

남자손님 미안합니다, 어서 앉으세요. (성이 다 풀렸다.)

여자손님 (가방과 우산을 내려놓으며) 고맙습니다. (차탁 안쪽의
의자에 앉아 방안의 사방을 둘러본다.)

남자손님 (관심이 생겨 네모난 탁자 옆의 작은 한 의자에 앉는다.)
방금 대성 회사에 일하러 왔다고 하던데, 그곳에서 무슨
일을 하게되는지 궁금하군요. ― 아, 제가 여쭤볼 소리가
아닌지는 모르겠지만.

여자손님 물어볼 소리가 아니긴요? 그게 뭐라구. 이건 다른 사람
에게 알리면 안될 그런 일도 아니에요. 두 주일 전에 그
사람들이 신문에 광고를 했는데, 서기 한 사람을 뽑는다
고요. 그 광고는 어떤 신문에든 다 실려서 댁도 보셨을
거에요.

남자손님 (머리를 끄덕인다.)

여자손님 지난 번 금요일에는 그 사람들이 또 신문에 광고를 했더
라구요. 내용인 즉, "저희 회사에서는 서기 한 분을 초청
하려고 하였던 바, 이미 한 분이 결정되었습니다. 여러
친우들이 보내온 추천서는 개별적으로 각각 회신을 드릴
수가 없음을 여러분께 널리 알리는 바입니다."라고 했던
데, 이 광고 보셨지요?

남자손님 (또 머리를 끄덕인다.)

여자손님 그 결정된 서기가 바로 저에요. 생각지도 못했지요? ―
여자라고는 생각지도 못했지요?

남자손님 그렇게까지는 생각 못했군요.

여자손님 (아주 득의양양해 하며) 그런데 지금 어떻게 하면 좋을지 모르겠답니다. 모레 회사에 나가 일을 인수받게 되는데, 아직 살 곳도 찾지 못하고 있으니 말에요. 여섯 시 반부터 지금까지 계속해서 쉴새 없이 걸어다녔습니다. 솔직히 말씀드려 전 밥도 아직 못 먹었답니다. (일어나 옷을 정리하고 나서 거울 앞으로 가서 얼굴을 비춰 본다.)

남자손님 (아주 안 되었다는 듯이) 아직까지 밥을 안 들다니요? 어찌 그럴 수가 있습니까? 이 점에 대해서는 제가 좀 도와드릴 수 있을 지 모르겠습니다. (일어나서 차를 한 잔 따른다.)

여자손님 고맙습니다. 전 그저 말씀만 드렸을 뿐이고, 밥을 얻어먹고 싶어서 그런 건 아닙니다.

남자손님 오, 미안합니나! ― 그래요, 우선 차 한 잔 하세요.

여자손님 고맙습니다. (다시 원래 자리에 앉는다.)

남자손님 (주머니에서 담배갑을 꺼내며) 담배 피우지 않을래요?

여자손님 전 담배를 안 피웁니다. 그렇지만 옆에 사람이 담배 피우는 것을 반대하진 않아요. (차를 한 모금 마신다.)

남자손님 고맙습니다. (담배갑을 넣고 담뱃대를 들고 몸을 돌려 담배를 피운다.)

여자손님 (자기 발을 만지며) 오, 세상에! 이 발 좀 보세요. 어디 사람 발 같은지 ……

남자손님 (얼른 몸을 돌리며) 어떤데요?

여자손님 물뿐만 아니라 흙까지 다 들어갔어요!

남자손님 (친절하게) 아 이것 정말 큰일이군요. 양말을 바꾸지 않

압박(壓迫) ― 정서림(丁西林)

겠습니까? 만일 바꾸시겠다면 제가 밖으로 나갈게요.

여자손님 고맙습니다만, 바꾸지 않겠습니다. 설사 바꾼다 해도 댁이 밖으로 나가지 않으셔도 되구요.

남자손님 괜찮습니다. 양말을 안 가지고 오셨으면 제가 한 켤레 빌려드릴 수 있습니다.

여자손님 고맙습니다. 댁의 호의 너무 감사합니다. 하지만 그걸 바꾼다고 무슨 소용이 있겠어요? 결국은 또 물 속을 걸어야 하는데.

남자손님 물 속을 걸어요? ─ 어째서 물 속을 걷죠?

여자손님 물 속을 걷지 않고 무슨 방법이 있겠어요? 이렇게 칠흑같이 어두운 밤에 길을 걸으면서 어디가 물이고 어디가 길인지 알 수가 있겠어요?

남자손님 (무엇을 생각한다.)

여자손님 (다시 차를 한 모금 마시고 한숨을 쉬더니 일어나서 작별을 고한다.) 저, 폐를 끼쳤습니다. 너무 미안합니다. (가방과 우산을 들고 나가려고 한다.)

남자손님 (그녀를 붙잡으며) 서두를 필요 없잖아요, 좀 더 쉬세요. ─ 아까 말씀하시길 셋방을 얻으려 한다고 했지요, 그죠?

여자손님 (얼굴을 그에게 돌리며) 세상에! 한참을 이야기했는데 아직도 몰랐습니까?

남자손님 듣고 알기는 했지요. 그런데 …… 저, 세 칸 짜리 이 집 어떻습니까?

여자손님 어떻다니요? 이미 다른 사람한테 세를 났다고 하지 않았습니까? (가방을 놓는다.)

남자손님 세를 놓기는 놓았지만, 어쩌면 댁한테 넘겨줄 수도 있겠다 싶어서요.

여자손님 (기뻐서) 서에게 넘겨 줄 수 있다구요? 정말요? (우산을 놓는다.)

남자손님 물론 정말이지요. (다시 그녀에게 차를 한 잔 따른다.)

여자손님 (앉아서 차를 받는다.) 감사합니다. 그런데 어떻게 저에게 세를 줄 수 있다는 거죠? 만일에 제가 이 집을 얻게 되면 그 사람에게는 주지 않아도 되는 거에요?

남자손님 (머리를 흔든다.)

여자손님 그렇지 않다면, 댁이 아까 한 말은 집을 내놓지도 않고서 거짓말을 한 것이었군요.

남자손님 아닙니다. 아까 한 말은 정말입니다. 이 방은 이미 나갔어요. 지금도 그 사람한테 세를 주지 않으려고 하는 것도 아닙니다. 제 말은 이 집을 이미 얻은 사람이 스스로 댁한테 주셨나고 해서 제가 댁한테 줄 수 있다 이 말이지요.

여자손님 그래도 전 알 수 없군요. 뭣 때문에 그 사람이 이 방을 저에게 넘겨주고 싶다는 거죠? 그 사람은 제 얼굴을 본 적도 없는데 어찌 방을 저에게 양보하려는 걸까요?

남자손님 그건 상관하지 마세요.

여자손님 이 집에 귀신이 있습니까?

남자손님 어찌, 설마 귀신을 무서워하는 건 아니겠죠?

여자손님 오, 전 귀신을 무서워하진 않아요. 제 말씀은 그 사람이 귀신을 무서워하는가 해서요.

남자손님 그 사람도 귀신을 무서워하지는 않아요. ― 귀신이 있든 없든, 우선 집을 좀 보는 것이 어떻겠습니까? (탁자 위에

압박(壓迫) ― 정서림(丁西林)

있던 등불을 들고 그녀를 안내하며 집을 구경한다.) 여기
는 침실이에요. (오른쪽에 있는 문을 열고, 그녀를 들여
보낸다.) 갈대로 만든 지붕에 시멘트 바닥, 서양식 침대,
이미 마련되어 있는 이부자리. 창문 밖은 자그마한 화원
이에요. 이른 아침에는 새들이 지저귀는 소리를 들을 수
가 있구요. 낮에는 커튼만 걷으면 방안 가득 햇빛이 들
어오지요. (여자 손님이 나온다. 다시 그녀를 오른쪽에
있는 작은 방으로 안내한다.) 여기도 침실인데, 이불이나
가구 모두 준비가 다 되어 있죠. 방의 크기는 저쪽 것과
같지만, 햇빛이 좀 덜 들어오죠. 한 사람이 살 때는 여기
를 침실로 쓸 수 있고, 저쪽 방은 서재로 쓸 수 있죠.
(여자 손님이 나온다.) 이 가운데 방은 밥을 먹고 손님을
접대하는 곳으로 쓸 수 있지요. (등불을 놓는다.) 이 집
은 깨끗하기도 하고 밝으며 하루 종일 있어도 시끄러운
소리는 조금도 없지요. 이곳은 손님이 일하는 장소와 멀
지도 않구요. 제가 보기에 이 집은 손님에게 더 없이 적
합한 것 같은데요.

여자손님　이 세 칸을 얼마에 내놓았는데요? (앉는다.)

남자손님　음, 아주 쌉니다. 이렇게 세 칸을 한 달에 겨우 오 원에
　　　　　내놓았습니다.

여자손님　집도 괜찮고 세도 비싸지 않군요. (생각을 좀 하더니) 이
　　　　　방을 정말 저에게 넘겨 줄 수 있습니까?

남자손님　물론 정말이지요. 뭐 한다고 손님을 속이겠습니까?

여자손님　그렇지만 오늘 저녁에 와서 자는 것은 어쨌든 안 되잖아요?

남자손님　되구 말구요, 됩니다. (갑자기 한 가지 일이 생각난 듯)

그런데 ─ 손님은 결혼을 했습니까?

여자손님 (벌떡 일어나 가슴을 내밀고 눈썹을 곤두세우며) 뭐요!!

남자손님 (한 번 더 보충하여) 아가씨, 결혼했냐구요?

여자손님 (성을 내며) 이렇게 묻는 것은 너무 실례하시는 것 아닙
니까?

남자손님 너무 실례하는 겁니까?

여자손님 일종의 모욕이지요!

남자손님 (기뻐서) "모욕", 그래요, 바로 그겁니다. 저도 그렇게 말
을 하니까요. 그렇지만 지금 집을 세 놓으려고 하는 사
람에게 가장 중요한 것은 먼저 댁이 결혼을 했는지를 알
고싶어하는 것 같습니다.

여자손님 저의 결혼 여부가 손님과 무슨 관계가 있습니까?

남자손님 그래요, 조금도 틀리지 않았어요. 저의 결혼 여부가 그
사람들과 무슨 관계가 있겠습끼? 그렇지만 그 사람들
은 꼭 묻는데, 참 이상하지 않습니까?

여자손님 전 손님의 말뜻을 조금도 이해할 수가 없군요.

남자손님 못 알아듣는 것이 당연하지요. 손님께서 제가 하는 말을
모르는 것이 당연합니다. 그렇지만 조급하게 생각하지
마세요, 제가 이야기를 해 드리면 이해가 될 거에요. ─
아까 말씀하시길 손님께서 이곳 대성 회사로 일을 하러
온다고 했지요, 그죠?

여자손님 기억력이 정말 좋지 않군요. 어찌 금방 한 말을 금방 잊
어먹죠?

남자손님 성내지 마세요, 그저 알려드리는 것이니까요. 저도 이곳
대성 회사로 일하러 온 사람이랍니다.

압박(壓迫) ─ 정서림(丁西林)

여자손님 당신도 대성 회사에 일하러 오셨다구요?

남자손님 예. 뜻밖이지요?

여자손님 당신은 대성에서 무슨 일을 하실 건데요?

남자손님 저는 거기서 기사직을 맡게 됩니다.

여자손님 그럼 댁은 이 집의 주인이 아니시군요?

남자손님 제가 이 집의 주인이라고 누가 그랬는데요? 제가 이 집
의 주인이라고 그랬던가요? 제 모습이 집주인 같습니까?

여자손님 (말을 가로막으며) 아, 알겠습니다! 손님은 여기 방을 구
하러 온 사람이시군요! 이 세 칸의 방을 얻었는데 이제
보니 마음에 안 들어 집을 물리실 생각이로군요.

남자손님 집을 물려요! 누가 집을 물리겠다고 그래요?

여자손님 아까 손님께서 이 방을 저에게 넘겨주겠다고 하지 않았
어요?

남자손님 그래요. 제가 넘길 수는 있다고 했지 물린다고 하지는
않았죠.

여자손님 그러면 전 더욱 모르겠군요. 물리고 싶지도 않은데 왜
넘기려고 하는 거죠?

남자손님 정말 모르시겠어요?

여자손님 정말 모르겠는데요. (앉는다.)

남자손님 왜냐 하면요, ― 제가 보기에 댁은 …… 음, 아니지, 왜냐
하면요, 주인이 저에게 세를 주려고 하지 않기 때문이죠.

여자손님 뭣 때문에 집주인이 세를 주려고 하지 않아요?

남자손님 아, 바로 혼인 문제 때문이지요. 이제 우리가 주제를 이
야기하게 되었군요. 일주일 전에 제가 여기에 집을 보러
왔을 때 집주인의 딸을 만나게 되었지요. 저를 보더니

부인은 있느냐, 아이는 있느냐, 형제 자매는 있느냐고 그 아가씨가 물어 오더라구요. 제가 분명하게 난 아직 결혼을 한 사람이 아니라고 했더니 아가씨가 만족해했어요. 방값에 대해서도 별로 말도 많이 하지 않고 이 방을 저에게 내 주기로 허락을 했지요.

여자손님 눈치 챘어요? 그 아가씨는 댁이 기사라는 것을 알고 댁에게 시집오고 싶어서 그렇게 했던 거에요.

남자손님 정말요? 이건 생각지도 못했던 일인데. ─ 어제 오후에, 제가 여기에 왔더니, 이 집 아주머니가 말하기를 만일 가족이 함께 와서 같이 살지 않으면 이 방을 저에게 세 줄 수가 없다는 거에요. 그 아주머니는 저에게 가족이 없다는 것을 분명하게 알면서도 이 것을 빌미로 협박을 하는데, 얘기 한 번 해 보세요, 나쁜지 나쁘지 않은지?

여자손님 뭣 때문에 식구와 같이 있지 않으면 이 집을 세 줄 수 없다는 거죠?

남자손님 저도 모르죠. 아줌마 말은 집에 남자가 없다고 하면서.

여자손님 웃기는 소리군요.

남자손님 이건 완전히 모욕이에요, 안 그래요.

여자손님 그래요. ─ 그래 가지고 뒤에 어떻게 되었어요?

남자손님 뒤에 제가 일 장 훈계를 했죠.

여자손님 그래서 이치를 알게 되었나요?

남자손님 이치를 알아요? 말하지만, 사람이 마흔이 넘으면 머리 속에는 모두 진부한 생각으로 가득 차 있어서 새로운 생각이 찰 공간이라곤 조금도 없지요.

여자손님 이제는 어떻게 할 거에요?

남자손님 이제요? 이젠 제가 가지 않지요.

여자손님 그 아줌마는요?

남자손님 그 아줌마요? 순경 부르러 갔어요.

여자손님 순경을 불러요? 순경은 불러 뭐하게요?

남자손님 순경을 불러서 나를 쫓아내려고 그러겠죠.

여자손님 정말요?

남자손님 뭣 때문에 거짓말을 하겠어요? 믿어지지 않으면 잠깐만 기다려 보세요, 순경이 오면 잘 볼 수 있을 테니.

여자손님 이건 참 아주 재미있는 일이로군요. 그렇지만 순경이 손님을 쫓으면 손님은 어떻게 할 생각이세요?

남자손님 댁이 오기 전에는 어째야 좋을지를 몰랐는데, 지금은 좋은 생각이 생겼어요.

여자손님 어떻게 할 생각인데요?

남자손님 순경을 한 바탕 두들겨 패서 나를 경찰서로 데리고 가게 한 다음, 주인에게 방을 댁한테 주라고 하는 거에요. 이렇게 하면 우리 두 사람은 모두 묵을 곳이 있게 되잖아요.

여자손님 그래서는 안되죠. (무엇을 생각한다.)

남자손님 뭣 때문에 안 돼요.

여자손님 손님은 아직도 화가 다 풀리지 않았군요. ─ 음, 제게 생각이 있어요.

남자손님 어떤 생각이요?

여자손님 (잠시 멈추었다가) 제가 손님 아내가 되는 거에요, 어때요?

남자손님 뭐라구요?

여자손님 음, 그렇게 놀라지 마세요, 제가 손님께 청혼을 하는 건 아니니까요.

중국 현대 단막극선

남자손님 오, 댁이 저의 뜻을 오해하셨군요. — 저 — 전 — 정말
　　　　 로 이런 방법을 생각하지 못했거든요.

여자손님 이게 제일 좋은 방법이에요. 그 아주머니는 댁에게 가족
　　　　 이 없으면 이 방을 줄 수가 없다고 했는데, 이제 가족이
　　　　 있다고 해 보세요, 이제 무슨 말을 어떻게 하는지 보게요.

남자손님 그 사람은 분명 무슨 할 말이 없겠지요. 그렇지만 — 이
　　　　 렇게 해도 손님은 괜찮으신지?

여자손님 뭣 때문에 안 되겠어요? 이렇게 한다고 저에게 무슨 손해
　　　　 라도 있나요? — 진짜로 댁의 아내가 되는 것도 아닌데.

남자손님 아이구, 고맙습니다.

여자손님 저의 뜻을 잘못 생각하지는 마십시오. 제 말은 손님의
　　　　 아내가 되었다고 해서 그 무슨 손해가 있다는 말은 아니
　　　　 니까요. 그건 완전히 다른 문제니까요.

남자손님 예, 그건 완전히 다른 문제지요. 그렇지만 지를 도와 주
　　　　 셔서 방을 얻는 문제를 해결하였으니 어쨌든 댁에게 고
　　　　 마워 해야죠.

여자손님 흐! 고맙긴요. 무산계급의 사람이 유산계급의 압박을 받
　　　　 았을 때는 연합을 해서 그들에게 저항을 해야지요. (귀를
　　　　 기울이고 조용히 듣는다.)

남자손님 그렇지요, 그래요.

여자손님 누가 말하는 소리가 들리는데요.

남자손님 그건 분명 순경일거에요! (다급하게) 참, 그런데 전 가족
　　　　 이 없다고 이미 말을 했는데, 이제 와서 그 사람들한테
　　　　 뭐라고 하죠?

여자손님 우리가 싸움을 했다고 그러세요. 댁이 도망을 나와서 다

른 사람들에게 알리고 싶지 않아서 그랬다고 ……

남자손님 (순경이 이미 문밖에까지 왔다. 급히 고개를 끄덕이며 여자 손님에게 이야기를 하지 말라고 한다.) 쉿!

(남자 손님은 네모난 탁자 옆에 앉아 있는데, 일부러 화가 난 모습을 하고 있다. 여자 손님은 차탁 옆에 앉아 있다. 뒷문이 밖에서 밀리면서 열리더니 순경이 들어온다. 손에는 폭풍용 램프를 하나 들었는데, 그 뒤로 늙은 하녀와 집주인 아주머니가 따라 들어온다. 그들은 방안에 한 여자가 앉아있는 것을 보고 아주 놀란다. 집안에 있던 그 여인은 그들이 들어오는 것을 보고 일어나 그들에게 아주 상냥하게 인사를 한다. 순경은 폭풍용 램프를 탁자 위에 놓고 그 성이 난 남자에게 인사를 한다.)

순 경 성함이 어떻게 되세요?

남자손님 (겸손함이 없이) 성은 오가입니다.

순 경 (머리를 끄덕이며) 음. ― 댁은요?

남자손님 댁? 저는 집이 없습니다.

여자손님 (억울함을 당한 부인과 같이 하여) 아, 당신은 집을 버리기로 결심을 한 거로군요, 안 그래요?

순 경 (입을 연 그 사람에게 눈길을 주다가 남자 손님에게) 이분의 …… 성함은?

남자손님 (대답을 못하고, 여자 손님을 힐끔 한 번 보는데, 그 여자 손님도 자기 때문에 아주 난처해하고 있다. 그는 어쩔 수 없이 여전히 성난 남편처럼) 전 모릅니다. 저 사람한테 물어보세요.

순 경 (정말로 여자 손님에게 묻는다.) 성함이 어떻게 되세요?

여자손님 (아주 기쁘게) 저요? 저 — 도 역시 오가에요.

순 경   오, 손님도 오씨로군요.

여자손님 그래요.

순 경   (더 이상 다른 할 말이 생각나지 않자) 댁은 어디죠?

여자손님 저요? 저는 북경 서4패루 태평골목 관제묘 맞은 편에 있
          는데, 문패 번호는 375호, 전화는 서국 4692에요. — 아,
          이거 어디 좀 적어 두세요, 좀 있으면 분명히 잊어 먹을
          거에요.

순 경   (정말로 한 권의 작은 수첩을 꺼낸다.) 북경 …… (글자
          를 쓴다.)

여자손님 서4패루 태평골목 (순경에게 받아쓰게 한다.) 관제묘.

순 경   문패 번호는요?

여자손님 375호. 전화는 서국 — 4천 — 6백 — 9십 2.

순 경   (다 쓰고 나서) 고맙습니다. (수첩을 넣고 남자 손님에게)
          손님은 여기에 방 세 얻으러 오셨지요, 그렇지요?

남자손님 아닙니다! 전 여기 묵으러 왔습니다. 이 집은 제가 벌써
          세를 얻었거든요.

순 경   (난처해 하다가 어쩔 방법이 없자, 다시 여자 손님에게)
          손님이 여기에 온 것은? ……

여자손님 저요? 전 사람 찾으러 왔어요.

셋방주인 (더 이상 참을 수가 없다는 듯) 여기 무슨 사람을 찾으
          러 와요?

여자손님 (아주 상냥하게 그녀에게 고개를 약간 끄덕여 보이고는)
          전 여기 저희 남편 찾으러 왔어요.

셋방주인 댁의 남편을 찾으러 왔다구요? 누가 댁의 남편인데요?

압박(壓迫) — 정서림(丁西林)

여자손님 제가 생각하기에는 아주머니께선 알고 계셨던 것 같은데
        ― 그러니까 주인이 벌써 저 사람에게 세를 줬지요.

셋방주인 뭐라구요? 이 사람이 댁의 남편이라구요?

여자손님 전 몰라요, 저 사람한테 물어보세요. 그렇다고 하는지 안
        하는지 한 번 봅시다.

늙은하녀 (역시 더 이상 참지를 못하고) 마님, 보시라니까요! 제가
        일찍이 마님께 그랬잖아요, 이 선생님은 분명히 부인이
        있을 거라고. 마님이 믿지 않았을 뿐이지요.

순 경 (어안이 벙벙하여) 어떻게 된 거요? 아까 당신들 말은
        이 선생은 아직 가족이 없다고 했는데 어찌 지금은 가족
        이 생겼단 말이요?

늙은하녀 혼란스럽게 생각하지 마세요. 아까는 이 부인이 오지 않
        았으니 저희들이 어찌 알았겠습니까? 만약 이 부인이 좀
        일찍 오셨더라면 제가 비를 무릅쓰고 가지 않아도 되었
        을 것을.

여자손님 미안합니다. 이건 정말 제 탓이 아니에요, 다섯 시 차를
        탔는데, 여섯 시 반이 되어서야 여기에 도착을 했거든요.

늙은하녀 그렇게 공연한 걱정 안 해도 괜찮아요. 전 그저 저 순경
        이 너무 철이 없다 싶어 한 소리니깐요.

순 경 말은 분명하게 해야지요. 아주머니가 나를 여기 오라고
        한 것은 이 선생이 이 방 세 칸을 혼자서 세 들어 살겠
        다고 해서 온 것이란 말입니다. 이 집에 사는 사람들은
        모두 여자들이기 때문에 이 선생이 여기에 혼자 살게 되
        면 아주 불편하다 그런 뜻이었는데, 이제는 이 선생의
        부인이 왔으니 일이 쉽게 해결될 수 있게 되었습니다.

중국 현대 단막극선

만일 부인께서 선생과 함께 여기서 같이 살면 전 할 일이 없게 되었군요. 만일 부인이 여기서 살지 않는다면 이 일은 역시 ……

늙은하녀　쓸데없는 소리 하지 말라니까요. 부인이 당연히 여기서 살지요. ― 척 보면 모르겠어요 ― 이 분과 부인은 그저 자그마한 일 때문에 좀 다투었을 뿐인데, 와서 좀 화해는 시키지 않고, 오히려 그런 말을 하다니요. 부인이 여기 살지 않으면 어디에 가서 산단 말입니까? ― 됐어요. 이제 댁이 할 일은 없어졌으니까 어서 돌아가서 카드나 치세요. (폭풍용 램프를 그의 손에 쥐어 주며) 가세요! 어서 가!

순　경　미안합니다. 폐를 끼쳤습니다, 폐를 끼쳤어요.
　　　　(순경이 나간다. 늙은하녀, 기쁜 모습으로 차 주전자를 가시고 나간다. 빙 주인은 실패하였음을 인정하고 ㄱ 여자 손님을 힐끔 보고는 무표정한 얼굴을 하고 나간다.)

남자손님　(문을 닫고, 일찌감치 물어보았어야 할 것을 아직 물어보지 못한 것이 생각나서 갑자기 몸을 돌려) 저, 성함이 어떻게 되시죠?

여자손님　저는 ― 음 ― 저는 ―

　　　　　　　　　　　　　　　　　막이 내린다.

호랑이를 잡은 날 밤(獲虎之夜)

-전한(田漢)-

● 작가 및 작품 소개

　전한(1898~1968)은 자가 수창(壽昌), 별명 혹은 필명으로 백홍(伯鴻)·명고(明高)·춘천(春天)·장곤(張坤)·진유(陳瑜) 등을 썼다. 호남(湖南) 장사(長沙) 사람이다. 어려서부터 연극을 좋아하였다. 1916년 외삼촌을 따라 일본으로 유학을 가서 동경고등사범 영문과에 들어가 공부를 하였고, 뒤에 소년중국학회(少年中國學會)에 참가하였다. 1921년 곽말약(郭沫若)·욱달부(郁達夫) 등과 함께 창조사(創造社)를 조직하였다. 1922년 귀국 후 아내인 역수유(易漱瑜)와 함께 ≪남국반월간(南國半月刊)≫을 창간, 신문학 운동을 적극적으로 펼쳐나갔다. 이어서 또 남국전영극사(南國電影劇社)를 조직하고, 또 화극창작과 공연 활동에 주력하였다. 1927년에는 구양여천(歐陽予倩)·주신방(周信芳) 등과 "예술어룡회(藝術魚龍會)" 행사를 성공적으로 이끌어서, 오사 시기부터 발전해 가던 현대 화극이 더욱 새로운 모습으로 발전해 갈 수 있도록 열과 성을 다하였다. 남국사의 성립에 이어, 남국 예술학원을 세워서 수많은 연극 및 미술 인재들을 육성해 냈다. 1930년에 "좌련(左聯)"에 참가한 동시에 중국희극가연맹(中國戱劇家聯盟)을 성립시키는데 주도적 역할을 하였다. 1932년 중국 공산당에 가입하였고, 좌익희극가연맹 당단서기(黨團書記)와 중공 상해 중앙국 문위(中央局文委) 위원 등의 직책을 역임하였다. 1935년 봄, 전한은 감옥살이를 하다가 보석으로 풀려났다. 1937년 항일전쟁이 발발한 후, 그는 상해 문예계 구망협회(救亡協會)를 조직하는데 참가하였고, <노구교(蘆溝橋)>를 창작하여 공연하였다. 뒤에 무한(武漢)에서 곽말약(郭沫若)이 영도하던 군위 정치부 제삼청 예술처(軍委政治部第三廳藝術處)에서 근무하였고, 또 하연(夏衍) 등과 중화전국희극계협회(中華全國戲劇界協會)를 창립하는데 공동 발기인으로 참가하여 연극 종사자들의 적극적인 항일운동이 가능하도록 그 역량을 모으는데 주력하였다. 1944년 구양여천(歐陽予倩) 등과 계림(桂林)에서 서남희극전람회(西南戲劇展覽會)를 개최하였고, 항전승리 후에는 상해로 갔다. 해방 후, 그는 중앙 인민 정부 정무원 문화교육위원회 위원(中央人民政府政務院文化敎育委員會委員), 문화부 희곡 개진국 국장(文化部戲曲改進局局長), 예술사업 관리국 국장, 중국 희극가협회 주석과 당조(黨組) 서기, 전국 문련(文聯) 주석 등의 직책을 역임하였다.

그는 평생동안 현대 희곡·가극·영화·전통 희곡 등의 극본을 수없이 창작하였다. 그가 쓴 주요 작품으로 <커피숍에서의 하룻밤(咖啡店之一夜)>·<호랑이를 잡은 날 밤(獲虎之夜)>·<소주야화(蘇州夜話)>·<호수 위의 비극(湖上的悲劇)>·<남귀(南歸)>·<명배우의 죽음(名優之死)>·<여인행(麗人行)>·<관한경(關漢卿)> 등을 들 수 있다.

<호랑이를 잡은 날 밤>은 전한이 초기에 쓴 작품으로, 1921년에 창작되어 ≪남국반월간(南國半月刊)≫ 제2기에 발표가 되었다. 작자는 황바보와 위련 아가씨의 애정 비극을 통해 혼인의 자유를 요구하는 농촌 젊은이들의 꺾이지 않는 반항정신을 표현해 내었다. 또 작품은 봉건 전제와 자유민주 사이에서 벌어지는 그 갈등을 잘

반영해 내었다. 본 작품은 "현실주의와 낭만주의가 서로 잘 융합" 되었다는 평가 속에서도 작자의 주관적인 환상과 감상주의적인 흔적이 짙다는 지적을 받기도 한다.

호랑이를 잡은 날 밤

시 간

어느 해 겨울 밤

장 소

장사(長沙) 동향(東鄉)의 어느 산중.

등장 인물

위복생: 부유한 사냥꾼.

위황씨: 복생의 처.

위 련: 복생의 외동딸. (일명, 연이 · 연고)

위호씨: 위련의 할머니.

이동양: 옆집 사람, 갑장.

하유귀: 이씨의 친척, 농부.

황바보: 위련의 외사촌 오빠, 가난하여 동냥질을 하는
        거렁뱅이.

도대 · 주삼 · 이이: 위씨집 머슴.

【배경】

위복생 집의 "화로방" (즉 시골 사람들이 식사 후에 쉬는 곳으로, 손님이 왔을 때는 응접실로 쓴다. 겨울밤에는 난로 가에 둘러앉아 불을 쬔다.) 막이 열리면 위복생은 화로 옆에 앉아 물담배를 피우고 있다. 그의 모친은 굼뜬 동작으로 둥근 의자에 앉아 잎담배를 피운다. 복생의 아내는 차를 타고 있다. 18, 9세 되는 위련은 예쁜 여자로 비록 시골 복장을 하고는 있지만 그 아름다움을 감출 수는 없다. 그녀는 다 탄 차를 쟁반으로 받쳐들고 먼저 할머니에게 드리고 그 다음에 아버지께, 그리고는 네 잔을 들고 "화로방"의 그 집 머슴들에게 주려고 나간다. 복생은 딸이 나가는 뒷모습을 보면서 아내에게 나직하게 말한다.

복 생 우리 딸이 진씨집으로 시집을 가면 일등 인물 아니면 이등 인물은 될 거요. 그 집의 그 많은 며느리들을 내가 다 봤지만 인물로만 보더라도 우리집 연이를 따를 만한 사람은 얼마 없더라구.

황 씨 (모성애 같은 그런 느낌으로 자랑스럽게) 며칠 전에 나 선생도 그렇게 말합디다. 그렇지만 내가 얼마나 많은 심혈을 기울여서 이렇게 많은 예단을 장만했는지 몰라요. 그렇지 않고 그저 얼굴만 반반하고 예단이 너무 적으면 역시 동서들에게 무시를 당하게 된다구요.

조 모 여도사 할멈에게 감사해야 한다. 모처럼 요 몇 년 사이에 집안 형편이 그런대로 풀리고, 최근에는 또 계속해서 호랑이를 두 마리나 잡았으니 말이다. 그렇지 않았더라면 이렇게 일이 순조로웠겠니?

황 씨 총은 잘 장전 했어요?

복 생 일찌감치 장전해 뒀지. 그런데 아직 줄은 걸어두지 않았어. 조금 있다가 줄을 걸어두면 오늘 저녁에는 분명히 걸려들겠지.

황 씨 한 마리를 더 잡기만 하면, 우리 연이는 또 예단이 하나 더 많아지겠네요. 전 또 시내에 나가서 비단 이불잇을 하나 사고, 꽃 수 놓인 모기장을 하나 살까 해요. 얼마 안 있어 시집을 보내게 되는데, 빨리 서둘지 않으면 늦을지 몰라요.

복 생 내가 만약 이번에 좀 큰놈을 잡기만 하면 시내에 가지고 가서 팔려고 구경을 시킬 필요 없이 가죽을 벗겨서 연이 담요를 만들어 주는 것이 가장 좋을 것 같소. 그러면 우리 사냥꾼 집의 진면목을 보여줄 수 있지 않겠소. 내가 첫 번째 호랑이를 잡았을 때 이럴 생각이었는데. 연아, 너 …… (연이가 보이지 않자) 연이는 왜 안 들어오지?

황 씨 아마 자기 말하는 것을 듣고는 부끄러워서 자기 방으로 갔나 봐요.

복 생 요즘은 그 애가 그런대로 괜찮은 것 같구려. 그전에는 정말 말을 듣지 않아 화가 나 죽을 뻔 했다구.

황 씨 전 화가 안 난 줄 아세요? 그 애가 밤에 그렇게 우는 것을 들으니까 밉기도 하고 또 가련하기도 하구 전…… 그 멍청이는 아직 절간에 있어요?

복 생 응, 아직 절간에 있어. 그 무대 밑에 살고 있다구. 내가

호랑이를 잡은 날 밤(獲虎之夜) ― 전한(田漢)

처음에는 그 애를 이 지방에서 쫓아내 버리려고 생각했
었는데 이 곳 사람들이 개를 보니까 나이도 어리지 부모
도 없지, 또 약간 바보기가 있어서 그렇지 나쁜 짓은 하
지 않으니까 모두 내 생각대로 하려고 하지 않으니 어쩌
겠어. 그래서 나도 내 생각을 말하기가 어렵더라구.

황 씨   그런데 요즘에는 그 애가 우리 문 앞을 지나가는 것을
　　　　못 보았네요.

복 생   아마 그 때 나한테 야단을 한 번 맞고는 다시 올 엄두가
　　　　나지 않아서겠지. 그런 멍청이는 몇 차례 욕먹는 걸로는
　　　　두려워하지도 않는다구.

조 모   그렇지만 그 아이는 정말 불쌍해. 그저 다시는 오지 말
　　　　라고 꾸짖으면 될 것을 그 애를 때리기는 왜 때려?

복 생   어머니는 모르시는 말씀이에요. 그 애, 보기에는 아주 바
　　　　보같은데요, 연이에게는 조금도 바보같지 않다구요. 저도
　　　　처음에는 그 애가 바보라고 생각했었기 때문에 연이가
　　　　걔하고 노는 것에 대해 그렇게 상관하지 않았지요. 그런
　　　　데 그 애가 커서는 날마다 연이를 찾아와서 담소하고,
　　　　연이도 또 걔가 없으면 쾌활하지 못한 것을 보고서야 이
　　　　게 장난이 아니구나 하는 생각이 들더라구요. 그의 어머
　　　　니가 죽은 지 얼마 되지 않았을 그 때, 제가 걔한테 좋
　　　　게 말을 했지요, 전가벌의 한 농가에 가서 소를 먹이는
　　　　것이 좋겠다구요. 그런데 그렇게 먼 곳으로는 가기 싫다
　　　　고 하면서 비록 돌아갈 집은 없지만 죽어도 선고령은 떠
　　　　나지 않겠다더군요. 그 때부터 그 절간의 무대 밑에서
　　　　생활을 하고 있어요. 불쌍하기는 불쌍하지요. 그렇지만

그 애 때문에 우리 연이가 시집을 가지 않겠다고 하니 정말 밉지요.

황 씨 그만 하세요. 이제는 그 애를 미워할 필요가 없게 되었지요. 오히려 걔 때문에 오늘날 우리가 이렇게 좋은 집으로 시집을 보내게 되었잖아요.

복 생 (갑자기 생각이 나서) 여보, 그제 연이가 어디 갔다 왔지?

황 씨 아랫집 장씨 둘째딸과 함께 뒷 산간에 있는 기계 기사 이씨집에 좀 다녀왔어요. 제가 그 애 보고 호랑이 고기 몇 근 좀 갖다주고 간 김에 그 천은 다 짰는지 한 번 물어보라고 했어요.

복 생 앞으로는 도대를 시켜 갔다 오게 하는 것이 좋겠소. 여자애들 밖에 나가게 하지 말고. 연이가 그쪽 고개에서 내려오는 것을 내가 본 것 같아요.

황 씨 그 일은 왜 묻는데요?

복 생 연이가 오랫동안 밖에 나가지 않았었는데, 또 그 절간으로 걔가 달려갈까 봐 걱정이 돼서.

조 모 절에 가서 보살한테 기도하는 것은 뭐 나쁠 건 없잖아.

복 생 절에 가서 보살한테 기도하는 것은 물론 뭐 나쁠 거 없지만, 난 단지 그 애가 또 그 바보 만나러 갈까봐서 그렇지요.

황 씨 장씨 둘째딸이 따라 갔는데 절대 그런 일은 없지요. 그리고 연이도 혼사를 정하고부터는 일찍이 그 바보를 잊었구요.

복 생 그랬으면 다행이고.

(이 때 밖에서 말소리가 난다. 이동양이 하유귀를 데리고

복생을 보러 온 것이다. 도대가 그들을 맞이한다.)

도 대   (안에서) 아이구, 이대공께서 오셨군요. 어서 들어오세요.

이   (안에서) 아이구, 도주사, 복생이 집에 있소?

도 대   (안에서) 화로방에 계십니다. 어서 들어오세요.

        (등장하여) 손님 오셨습니다. (퇴장한다.)

        [이동양과 하유귀가 등장하고, 복생 등이 일어나 그들을

        맞이한다.

이   위사장!

복 생   아이구! 갑장이 왔구먼. 어서 앉게, 어서 앉아. 이 분은

        누구신가?

이   이 사람은 우리 친척인데, 성은 하씨라네. 벌판에 살고

        있지. (장사 동향에서는 전야를 "벌판"이라고 하고, 산간

        계곡은 "산골"이라고 함)

복 생   하형이시군요. 언제 이 산골에 들어왔습니까?

하   바로 오늘 오후에 왔습니다.

이   오늘 오후에 이 곳 산골에 왔어. 이 사람 집은 몇 대째

        벌판에서 농사를 짓고 있기 때문에 이 산골에 오는 경우

        는 참 드물다네. 이 사람은 내 조카의 형이야. 전번에 내

        가 벌판에 일을 보러 갔다가 이 사람 집에서 하룻밤을

        묵었었다네. 산골에서는 얼마나 재미있게 지내고, 나무도

        얼마나 많으며, 밤에는 또 호랑이 울음소리를 들을 수

        있다고 했더니 이 사람 재미있겠다고 어쩔 줄을 몰라 하

        더라구. 그리고 자네 집에서 최근에 호랑이를 두 마리를

        잡았는데 한 마리는 팔려고 시내에 가지고 갔고, 한 마

        리는 아직 둥지에 가둬놓고 사람들에게 구경을 시켜주고

있다는 얘기도 했지. 이 집 사람들은 아직까지 아무도 호랑이를 보지 못했기 때문에 다들 와서 한 번 보고 싶다는 게야. 이 사람은 특히 마음이 들떠서 꼭 나하고 같이 와서 보겠다고 해서. 이 사람 부친이 요 며칠 일이 바쁘니까 며칠 있다가 가라고 해서 오늘에야 온 거라네. 나도 오늘에야 춘화시에서 왔다네.

하　(갑자기 무슨 우는소리를 듣고 곧 이씨의 손을 잡으며) 호랑이 우는소린가?

복 생　(웃는다. 모두 웃는다.) 이것은 호랑이 우는소리가 아니라, 저희집 뒤 돼지우리 안에서 나는 돼지 소리에요.

하　어찌 산골 돼지는 우는소리가 다르지?

이　원래 산골 돼지나 벌판 돼지나 울음소리는 꼭 같지. 아마 자네 귀가 좀 이상해져서 그런 거겠지 …… 두 번째 잡은 호랑이도 시내로 가져간 게야?

복 생　가져간 지 네댓새 됐지.

이　어찌 자넨 안 가고?

복 생　나는 안 가고, 둘째한테 보냈다네. 간 김에 물건도 좀 사오라고 했지. 나는 집에 할 일이 좀 있어서.

이　그럼, 유귀, 때를 잘못 잡아서 왔네. 그렇게 호랑이가 보고싶어서 산골까지 왔는데, 호랑이는 또 실려 가버렸으니.

황 씨　(손님에게 차를 권하면서) 에이 참, 오라버니도. 대엿새만 좀 일찍 왔었어도 볼 수가 있었는데. 정말이지 가져가기 전에 구경온 사람들이 얼마나 많았었는지 몰라요. 가져간 뒤에도 이 삼일 동안 얼마나 많은 사람들이 보러 왔었다구요. 모두 허탕만 치고 돌아갔지만. 제일 재미있

호랑이를 잡은 날 밤(獲虎之夜) ─ 전한(田漢)

었던 것은 주씨집 셋째 색시도 시내에서 호랑이를 보러 왔었는데, 호랑이 우리 가까이 서 있다가 호랑이가 울부짖는 소리를 듣고는 뒤로 물러나면서 두 손을 앞으로 내밀었다가 부딪쳐 손목에 걸었던 옥팔찌가 산산조각이 나 버렸지 뭐에요.

하   아이구, 정말 위험했군요.

이   (웃으며) 자네 집에서 호랑이를 잡았다는 소식, 정말 멀리도 퍼졌더라구, 춘화시 그쪽에서도 다 알고 있더라니까. 그 지방의 관리 부인들도 다들 와서 보고싶어 하던데. 애석하게도 벌써 시내로 가져가 버렸구먼.

복 생   괜찮네. 오늘 저녁에 운이 좋기만 하면 한 마리 더 잡을 수 있을테니까. 그런데 아마 산 채로 잡기는 좀 어려울 게야.

이   뭐야? 또 함정을 파뒀어?

복 생   함정이 아니고, 화승총(火繩銃)이라네. 사람들의 인적이 좀 조용해지면 줄을 걸려고.

이   어디에다가 설치를 해뒀는데?

복 생   뒤쪽 산마루에 설치를 했지.

이   거기 사람 안 다녀?

복 생   이런 야밤에 누가 그 산마루에 가겠어? 그리고 어제 산에다가 이미 수를 써놓았다는 것을 모르는 사람이 없다네.

이   그럼 오늘 저녁에 큰 호랑이 한 마리를 잡을 수 있기를 축원하네. 그리고 내일 나한테 축하주 한 잔 사고.

복 생   그야 물론이지. 당연히 갑장에게 술을 한 잔 내야지. 우리 연이가 며칠 있다가 시집을 가게 되는데, 만약 오늘 저녁에 호랑이를 한 마리 잡기만 하면 내가 축하주를 더욱 융숭하게 한 턱 낼 테니까 자네 술 좀 많이 마셔주게.

이　아, 좋지. 연이가 얼마 안 있어 시집을 간다는 소식을 듣기는 했지만, 난 아직 선물을 조금도 준비 못했는데.

황 씨　아이구, 별말씀을 다 하시는군요. 그제 조모께서 천과 두 개의 이불감을 보내왔는데 어찌 몸 둘 바를 모르겠답니다.

이　무슨 말씀입니까. 당연히, 당연히 해야할 일인걸요. 진씨 집에서는 언제 혼례를 치르겠답니까?

황 씨　초하루에 치르겠답니다.

이　이번 혼사 정말 이야기가 잘 되었어요. 서로 집안이 참 잘 어울려요. 우리 인근에서는 말할 것도 없거니와, 우리 진(鎭) 안에서도 아주 드문 일이거든요.

황 씨　정말 말씀도 잘 하셔.

　　　　[도대 등장

도 대　주인님, 저희들 줄 걸러 가도 되겠습니까?

복 생　(이 때 집안에는 벌써 불을 켠 지 오래 되었다. 난로 안에서는 불이 활활 잘 피고 있다. 복생 일어나서 창 밖을 본다.) 가도 되겠네. 조심해야 되네.

도 대　알겠습니다.

이　자네집의 저 도씨 정말 좋은 사람이야.

복 생　응, 아주 믿을 만 해.

황 씨　있는 그대로 말을 하지요. 도씨는 정말 성실한 사람이에요. 저 사람 우리집에서 오륙 년 동안 머슴살이를 했지만 아직까지 우리집 사람들과 한 번도 다툰 적이 없답니다. 아 …… 말을 하다보니 생각이 나는군요. 댁의 둘째

따님도 얼마 안 있어 집을 떠난다고 하잖았던가요?

이 　　예. 내년 삼월에 금계 비탈에 있는 후씨집으로 시집보내
기로 했어요.

황 씨 　후씨집! 정말 훌륭한 집안이지요. 서른 몇 명이 차 농사
로 먹고살면서 머슴만 해도 일곱 여덟이나 되구. 둘째
따님, 그런 집안으로 시집가면 정말 행복할 거에요.

이 　　아이구, 며느리들에게 무슨 복이 돌아오겠어요. 그저 배
나 곯지 않으면 그만이지요. 그 집 며느리 노릇하기 힘
들기로 유명하잖아요. 일찍 일어나서 늦게 자야 하고, 실
을 뽑아 베를 짜고, 차를 내고 밥 짓고, 또 옷에 풀하고
빨래하는 것은 말할 것도 없고, 산비탈에 가서 고구마
심고, 논에 나가 벼 거두는 것까지 해야한다구요.

황 씨 　그렇지만 역시 이렇게 살려고 하는 집이 진짜 훌륭한 집
이지요. 집안 사람들이 부지런할수록 더 부유해지거든요.

이 　　예, 저도 바로 그 집의 이런 점을 보고 제 둘째 딸을 그
집에 맡기로 했답니다. 애 에미는 딸이 사랑스러워 후
씨집안 사람들이 그런 사람이라는 말을 듣고 처음에는
보내려고 하지 않더라구요.

조 모 　애비야, 호영감님 보고 나뭇간에 가서 나무 좀 가지고
오라고 해라. 오늘 저녁에 호랑이를 잡으면 시간이 제법
걸릴 게야.

복 생 　제가 갈게요. (일어나서 나간다.)

이 　　할머님, 어르신은 정말 정정하시군요.

조 모 　아이구, 자네한테 말하지만, 나이가 다 돼서 이제는 옛날
처럼 그렇게 튼튼하질 못해.

하		어르신 금년에 연세는 얼마세요?
이		자네가 한 번 맞춰보게.
하		내가 뵙기엔 …… 우리집 조모님하고 비슷하신 것 같은데.
황	씨	그 어르신은 연세가 어떻게 되는데요?
하		금년에 일흔다섯요.
황	씨	그럼 저희 어머님보다 한 살이 적으시군요.
이		이 사람 조모님도 아주 건강하세요. 며칠 전에 저 사람 집에서 뵈었는데, 손자 배두렁이에 수를 놓아주고 계시더라구요.
황	씨	저희 어머님은 눈이 이전만 못해서 그렇지, 다리 힘은 괜찮아요. 여도사가 있는 그 가파른 산에도 저 노인네가 오른다니까요. 산중턱에서 정전까지 돌계단이 백 이십 개 남짓 되잖아요? 우리 어머님, 단숨에 올라가서도 그렇게 힘들어하지 않더라구요. 오히려 제가 힘들어서 손발이 나른해지고 숨까지 막히더라구요.
이		우리 후세들은 정말 선배들을 따를 수가 없어요.
황	씨	그래요.
조	모	우리는 아무 것도 아냐. 자넨 자네 할아버지를 못봤지. 그 노인이 살아 계실 때는 다들 정정하시다고 그랬지. 여든이던 그 해에도 후배들과 내기를 걸어 곡식 두 섬을 밀고 산을 올랐다구.
하		참, 저도 그렇게 할 수가 없는데.
조	모	자네들처럼 18, 9세 되는 사람들은 "산에서 나온 호랑이"처럼 한창 힘이 있을 땐데, 무엇인들 못하겠는가? [복생이 나무를 안고 들어와 난로 옆에 놓는다.

호랑이를 잡은 날 밤(獲虎之夜) — 전한(田漢)

복　생　자네들 무슨 얘길 하는 건가?

이　　　지금 젊은이들은 노인네들보다 힘을 못쓴다는 이야기를 하고 있었다네.

복　생　그건 정말 그래. 우리같은 사냥꾼을 두고 보더라도 지금의 사냥꾼이 어떻게 옛날 사냥꾼의 그 고단수를 따르겠어. 그렇지만 사냥하는 기구와 방법이 옛날보다 더 정교해져서 이전처럼 그렇게 많은 힘을 들일 필요는 없게 되었지.

하　　　위사장님은 지난번에 그 두 마리 호랑이를 어떻게 잡았습니까?

복　생　말하자면 정말 재미있어요. 작년에도 몇 마리를 잡았지만, 금년의 이 두 마리처럼 쉽게 잡지는 못했어요. 첫 번째 호랑이는 특히 쉽게 얻었지요. 그 때 저희 집에서는 호랑이 우리를 막 만들어놓고 아직 산으로 옮겨놓지도 않은 채, 그저 자그마한 들짐승이나 한 두 마리 걸렸으면 하는 생각으로 우리 문을 열어놓고 돼지우리 뒤쪽에다 놔뒀었지요. 그런데 밤중이 채 못되었을 때 갑자기 돼지우리에서 돼지가 막 큰 소리를 치더니, 이어서 무슨 톱질을 하는 듯한 소리가 들리더군요. 우리가 자리에서 일어나 사냥총과 받침대를 가지고 등불을 들고 돼지우리 뒤쪽으로 가보니 우리 속에 송아지 만한 사나운 호랑이 한 마리가 들어있지 않겠어요? 그 호랑이는 저희 집 옆을 지나가다가 돼지우리 속에서 돼지가 우는소리를 듣고 이것을 잡아먹으려고 왔다가 우리로 들어갈 길이 없자 호랑이 우리로 들어가 발톱으로 맹렬하게 돼지우리를 할

퀴다가 잠금 장치를 건드려 뒤쪽의 문이 닫혀버리는 통에 나올 수가 없었넌 서지요. 그 뒤에 저희들은 또 하나의 나무우리를 만들었는데 전에 것보다 더 정교하게 만들어 산마루의 우거진 수풀 속에다 갖다 뒀었답니다. 사방을 모두 나뭇가지로 잘 덮어놓고 들어갈 길 하나만을 남겨 뒀었지요. 우리 뒤쪽에 또 돼지·양·닭·오리 등에 발목을 묶어놓고 마구 소란을 피우며 소리를 지르도록 하였지요. 겨울날 굶은 호랑이가 산마루를 지나가다가 우거진 숲 속에서 살아있는 동물들이 소리치는 것을 듣고는 들어가 안 먹을 수가 있었겠습니까? 과연 셋째날 저녁에 우리는 또 한 마리의 호랑이를 잡은 거지요. 이것이 바로 닷새 전에 시내로 가져가 팔았던 그 호랑이랍니다.

하   호랑이 잡는 것이 이렇게 쉽습니까?

복 생   천만에요. 이건 제가 운이 좋았을 뿐이지요. 어려운 놈을 만났을 때는 죽을힘을 다 해야 합니다. 신선령 아래 그 긴 비탈 보지 않았습니까? 그곳은 원래 지금처럼 그렇게 벌거숭이 비탈이 아니라 그 일대는 숲이 아주 우거져 있었답니다. 근처 사람들은 그 안에 사나운 호랑이 굴이 있다는 것을 알고, 그 누구도 감히 근처에 가서 나무를 할 수가 없었지요. 감히 나무를 하러 가는 사람이 없게 되자 그곳 일대의 숲은 점점 울창해져서 하늘이 보이질 않았답니다. 처음에는 나무를 하러 가지 못해서 그랬지 별 다른 사고는 생기질 않았어요. 그런데 좀 지나니까 그 안에 호랑이가 점점 많아지더니 가까운 인가의 돼지

호랑이를 잡은 날 밤(獲虎之夜) — 전한(田漢)

와 닭을 늘 잡아먹고 밤에는 울음소리가 끊이질 않아 부
근 사람들은 안심하고 잠을 잘 수가 없었답니다. 그 뒤
에는 아예 긴 비탈에 사는 귀머거리 넷째 역씨(易氏)집
아들을 물어가버렸어요. 그 귀머거리 넷째 역씨는 저희
진(鎭)에서 이름난 사냥꾼이었거든요. 그들 부부 슬하에
는 단지 이 아들 하나밖에 없었지요. 그 때 역씨가 시내
에서 막 돌아와서 아들이 호랑이에게 물려갔다는 이야기
를 듣고는 원통해서 살고싶은 의욕이 생기지 않았지만,
그 비탈 속의 호랑이를 모조리 다 잡아죽여버리겠다고
맹세를 했지요. 그 사람에게는 원씨라고 하는 친구 하나
가 있었는데, 그 역시 아주 이름난 사냥꾼으로 다들 원
포수라고 불렀는데, 그 사람 역시 친구를 도와 이 지방
의 큰 재난 덩어리를 없애버리고자 하였지요. 귀머거리
넷째 역씨는 매일 등에 엽총을 메고 칼을 들고 그 비탈
속으로 들어가 수색을 하였답니다. 하루는 과연 호랑이
가 다니는 길을 하나 찾아냈어요. 그 길을 따라 가 본
결과 그 호랑이 굴에 당도했던 거지요. 보니까 호랑이
어미는 집에 없고 네 마리 작은 호랑이 새끼들만이 남아
굴에서 뛰고 놀더라는 겁니다. 귀머거리 넷째 역씨가 보
니까 아주 재미있더래요. 다시 둘레를 돌아보니 그 호랑
이굴 옆에 아이의 머리통과 다리를 남겨 놓은 것이 보이
더라나요. 귀머거리 넷째 역씨가 그것을 보지 않았을 때
는 그런대로 괜찮았었는데, 그 머리통과 다리를 보고 나
니까 그 분함으로 이가 갈렸던 거지요. 단 번에 칼을 뽑
아 굴속에서 그 새끼 호랑이들을 모두 죽여버렸지요. 귀

중국 현대 단막극선

머거리 넷째 역씨는 어미 호랑이가 돌아와 보면 반드시 그 원수를 갚으려 할 것이라는 것을 알았지요. 다음날 원포수와 많은 사냥꾼들을 요청하여 산을 포위를 했지요. 그날 그 어미 호랑이가 돌아와 자기 새끼들이 죽은 것을 보고는 과연 밤새 포효를 했고, 그 다음날 사람들이 산을 포위했을 때 그 놈은 굴속에서 기다리고 있더랍니다.

[갑자기 많은 사냥개들이 짖는 소리가 들려오고, 도대와 두 세 명의 친구들이 산에서 돌아온다.

[도대와 주삼이 등장한다.

복 생 장치를 다 했소?

도 대 전부 다 했습니다.

복 생 산에는 아무도 안 다닙디까?

도 대 이 시간에 누가 그런 산마루에 올라가겠습니까?

황 씨 도대 아저씨, 주삼 아저씨, 어서 와서 불에 손 좀 녹이세요. 너무 추워요.

주 삼 그렇게 춥지 않습니다요.

[황씨는 잎이 달린 마른나무를 좀 꺾어서 불을 활활 지핀다. 도씨와 이씨 두 사람은 불을 쬔다.

이 도주사, 옷소매가 헤졌군요.

황 씨 어제 연이에게 줘서 좀 기워달라 하라고 시켰는데도 마다는군요.

도 대 제 옷을 어찌 연이 아가씨에게 기워달라고 하나요? 어쨌든 산에서 일하며 사는 사람은 좋은 옷 입을 생각을 말아야 한다니까요. 좋은 옷이 있어도 산에 한 두 번 오르고 나면 쇠로 만든 것도 다 헤지니 말에요.

호랑이를 잡은 날 밤(獲虎之夜) — 전한(田漢)

갑 장   제가 한참 전에 아내를 하나 얻으라고 권했는데도 통 말
       을 듣지 않더라니까요. 그렇지만 않았더라면 옷이 헤졌
       을 때 일찌감치 당신을 위해 옷을 기워 줄 사람이 있었
       을 것 아니오?

도 대   갑장님, 선생께서도 사람의 사정을 좀 알아주셔야지요.
       아시다시피 저희같이 자기 혼자도 먹고살기 힘든 판에
       다른 사람을 먹여 살릴 수가 있겠어요?

이   말은 이렇게 해도 아내는 어쨌든 얻어야지요. 홀애비로
       살아가는 사람들치고 돈 번 사람 못 보았고, 또 아내가
       있다고 해서 굶어죽었다는 사람 못 보았소. 내가 중매를
       서 주리다.

주 삼   나도 중매를 서 주지.

도 대   (주삼을 보고 웃으며) 자네가 무슨 중매를 선다고 그래?
       자네에게 무슨 아가씨가 있어서 나에게 시집을 보내겠나?

주 삼   말을 하면 그 누구도 모를 것이지만, 또 모르는 사람이
       하나도 없다고 할 수 있지. 바로 뒷집 주씨 마님 큰 딸
       말일세.

도 대   뒷집에 무슨 주씨 성을 가진 마님이 있었던가?
       [복생과 황씨, 벌써부터 웃고 있다.

주 삼   바로 그 돼지 마님의 큰 딸 말이네!

도 대   (주삼을 때리면서) 이 나쁜 놈.

복 생   이 봐요, 도씨, 빨리 가서 기구들 좀 잘 정리해 두세요,
       조금 있다가 써야 할 테니까.

도 대   예. 주삼이, 자넨 빨리 칼 좀 갈러 가세.
       [두 사람은 내려간다.

갑 장	오늘 저녁에도 또 분명 큰 돈을 벌겠구먼.
복 생	하하, 이런 일은 운수에 맡겨야 한다네. 여하튼 수를 쓰기는 하지만, 손에까지 들어올 수 있을지는 알 수가 없지.
하 대	그 이튿날 어떻게 되었나요, 위사장님.
복 생	(갑작스런 질문에 어떤 뜻인지 몰라) 이튿날요? 이튿날 무슨 일요?
하 대	이튿날 그 사람들이 산을 둘러싸서 호랑이를 잡았나요?
복 생	아, 아까 그 귀머거리 넷째 역씨의 호랑이 사냥 그 이야기 말이군요. 그래요, 아예 끝까지 이야기를 해 드리지요. 이튿날 귀머거리 역씨는 원포수와 그 지방에서 유명한 여러 사냥꾼들을 불러서 산을 포위했었지요. 귀머거리 역씨와 원포수가 용감하게 앞장을 서고, 그 나머지 사냥꾼들은 멀찌기서 포위를 했지요. 귀머거리 역씨는 또 원포수를 후위로 삼고, 어제 발견했던 그 길을 따라 한 발자국 한 발자국 호랑이 굴속으로 들어간 겁니다. 굴에서 거리가 1장(丈)도 채 안 떨어진 곳까지 가서 나무 뒤로 가만히 보니 그 어미 호랑이가 발톱을 갈며 그곳에서 기다리고 있더랍니다. 그는 호랑이가 먼저 공격을 하기 전에 엽총에 탄알을 넣고 호랑이 대가리를 향해 한 방 놓았습죠. 그 호랑이는 총소리를 듣고 화약 연기가 나는 곳을 향해 잽싸게 덮쳐왔어요. 귀머거리 역씨는 원래 그놈이 덮쳐오기를 기다렸다가 칼을 뽑아 그의 배를 찌르려고 했었는데 시간이 너무 늦은 바람에 그 호랑이가 역씨의 머리 위를 덮쳐버린 거에요. 그는 총과 칼을 버리고 그 사이를 틈타 호랑이의 허리를 안고 머리로

호랑이를 잡은 날 밤(獲虎之夜) — 전한(田漢)

는 호랑이의 목줄기를 힘차게 누르고, 두 다리로는 호랑이 뒷다리를 꽉 조인 거에요. 그리고는 호랑이가 아무리 발버둥을 쳐도 그는 사력을 다해 놓아주질 않은 거지요. 이 때 역씨의 친구 원포수와 다른 사냥꾼들은 구할 수도 없고 구하지 않을 수도 없는 상황에서 보고만 있었던 겁니다. 그래도 원포수가 비교적 좀 가까운 곳에 있었기에 나무 위로 올라가 조준을 잘 한 후 그 호랑이를 향해 연달아 총을 두 발 쏘자 그 호랑이는 더 약이 올랐던 겁니다. 원포수가 세 번째 총을 쏘았는데, 이 때 호랑이가 땅에 떼구르 구르는 통에 그 총이 그만 귀머거리 역씨 다리를 쏜 겁니다. 물론 심한 정도는 아니었지만 통증 때문에 다리를 오므리게 되었고 목을 밀고 있던 그 머리에도 힘이 빠져버린 거에요. 그 호랑이는 이 기회를 타고 숨을 고른 후, 포효를 하더니 귀머거리 역씨의 두상을 반쯤 깨문 다음, 역씨의 손에서 빠져 나와 몇 번 껑충거리더니 겹겹의 포위망 밖으로 달아나 버렸어요. 그 어떤 사냥꾼도 감히 호랑이의 길을 막을 수가 없었지요. 원포수가 계속해서 총을 몇 발 쏘기는 했지만, 이미 그의 친구를 구할 수는 없었답니다. 그는 친구의 시체를 수습하면서 그 호랑이를 잡아 친구의 원수를 갚아주기로 맹세를 하였습니다. 이 후로 원포수는 늘 혼자 총을 메고 그 호랑이를 찾아다녔어요. 뒤에 여러 마리의 호랑이를 잡기는 했지만, 늘 자기의 친구를 물어 죽인 그 놈은 아니었습죠. 그 사람에게는 화아라는 열 네댓 살의 아들이 하나 있었는데, 그는 자기가 죽고 나면 친구의 원수를 갚을 수가 없게될까 봐서 늘 그 호랑이의 모습을 아들인 화아에게 일러주면서 커서 사냥꾼이 되어 반드시 이 호랑이를 찾아내어 죽인 다음 그 피골로 친구의 영혼에 제사를 지내줘야만 효자라 하겠다고 했답니다. 그래서 그 화아의 마음속에는 늘 이 호랑이가 자리하고 있었지요.

하 대   그 아들은 뒤에 그 호랑이를 잡았습니까?

복 생   들어보세요. 이듬해 봄 2월, 화아는 몇 몇 이웃집 아이들과 함께 단풍나무 비탈로 경칩 버섯을 찾으러 갔었답니다. 이 비탈은 숲이 무성하게 우거져 있었기 때문에 오랫동안 나무를 하는 사람이 없어 바닥은 낙엽이 수북했고, 그래서 매년 올라온 버섯이 가장 많은 곳이었지요. 이 애들은 따면 딸수록 많아지고 많아질수록 흥이 났고, 또 흥이 날수록 위험도 아랑곳하지 않고 점점 깊은 곳까지 들어간 거에요. 한참 신나게 버섯을 따고 있을 때 한 아이가 놀라서 소리도 내지 못하고 다른 친구들을 끌고 날 살려라 하고 달리더랍니다. 그 애들이 왜 그러느냐고 물었더니, "호랑이가 있다!"고 하더래요. 그 꼬마들도 호랑이가 있다는 소리를 듣고 모두 바깥쪽으로 달려오느라 딴 버섯도 모두 땅에 쏟아져 밟혀 못쓰게 되었답니다. 그런데 그들이 한 참 달리다 보니 아무 것도 따라 오는 것이 보이지 않고, 호랑이가 있다는 그 쪽을 가만히 봐도 아무런 소리나 움직임도 없더랍니다. 그들은 아주 이상하다는 생각이 들었지요. 그 중에 담이 큰애가 의연하게 그 숲으로 가서 살펴보게 되었는데, 원화아도 그 중에 한 사람이었지요. 보니까 그 깊은 산 중간에 한 자그

호랑이를 잡은 날 밤(獲虎之夜) ― 전한(田漢)

마한 빈 공터가 있더래요. 이 공터에 과연 아까 애들을
놀라 혼비백산하게 했던 한 마리 사나운 호랑이가 앉아
있었던 거에요. 입에는 뭔가를 물고 말에요. 찻잔만한 두
눈알을 부릅뜨고 바라보고 있는데 사람의 오금에 힘이
쫙 빠지겠더랍니다. 그런데 너무 가만히 있어서 애들이
두 번이나 옆에 가 보았는데도 움직이지도 않고 흥얼거
리는 소리도 나지 않더랍니다. 그래서 자세히 보니 숨조
차도 쉬지를 않더래요. 담이 가장 컸던 원화아가 돌멩이
를 하나 들어 그 호랑이의 꼬리를 살그머니 던졌는데도
그놈은 조금도 움직이 않더랍니다. 원화아는 세상에 이
렇게 성질이 온순한 호랑이는 없다고 생각하면서 가만히
보니 두상에 한 두 군데 상처가 있더랍니다. 그래서 그
는 이미 마음속으로 아버지가 늘 자기에게 들려주던 그
호랑이라고 단정을 하고, 친구들에게 설명을 해 주었는
데, 친구들은 아무도 감히 가까이 가지를 못하더랍니다.
역시 화아가 옆으로 가서 그 호랑이를 밀었더니 털썩하
는 소리를 내며 쓰러지더랍니다. 알고 보니 그 호랑이는
귀머거리 역씨를 문 다음에 중상을 입고 포위망을 빠져
나와 이곳에 숨어서 죽었던 거랍니다. 이 때는 그저 가
죽과 뼈만 남았었고 살은 이미 썩어버렸던 거지요. 입에
는 아직도 귀머거리 역씨의 반쪽 머리를 물고 있더래요.

하 대 그러면 어찌 그때까지 앉아 있었을까?

복 생 모르시는군요. 이게 바로 "호랑이는 죽어도 위엄은 사라
지지 않는다."는 거지요. 뒤에 화아가 돌아가 그의 아버
지를 불러 보여 줬더니 과연 그 호랑이더랍니다. 원포수

는 귀머거리 역씨의 반쪽 머리를 역씨집에 가져다 줘서 유골과 함께 묻어줬지요. 이렇게 호랑이의 껍질과 뼈로 그의 영혼에 제사를 지내주고 나서야 그동안의 시름을 풀게된 거지요. ……

(바로 여기까지 이야기를 했을 때 갑자기 산 위에서 총 소리가 들려온다.)

복 생   허!

도 대   (안에서) 총소리가 났어요. 주인 어른! 빨리 가 보시죠.

이   복생씨, 복생씨는 운이 참 좋군요. 이번에도 또 큰 호랑 이를 한 마리 잡았으니.

조 모   만약 호랑이기만 하면 연이 예물이 또 하나 늘겠구먼.

복 생   호랑이라면 한 시름 놓을텐데 말입니다. 무슨 쬐그마한 야생동물이 아니어야할텐데. 그런 것은 가치가 없으니까.

(도대가 엽총과 호랑이 받침대 등을 들고 등장한다.)

도 대   그럴 리가요. 분명히 큰 호랑이일 거에요. 다른 작은 야 생동물들은 그 길로 다니지도 않아요.

복 생   나도 그렇게 생각은 하지만.

하   우리도 한 번 가보죠.

복 생   하형이 가보고 싶다면 가 봐도 좋습니다.

이   나도 같이 가 보려네.

복 생   (황씨를 보고) 어서 가서 물 한 가마 끓여요. 좀 있다가 는 아주 바쁠 테니까.

황 씨   벌써 다 준비해뒀어요.

주 삼   (안에서) 이봐, 가자구.

복 생   도주사, (같은 소리로) 가자구.

호랑이를 잡은 날 밤(獲虎之夜) ― 전한(田漢)

[각각 기구를 들고 퇴장한다.

황 씨 어머님은 가서 주무세요.

조 모 그래도 좀 앉아 있는 게 좋겠어. 저 사람들 호랑이를 들고 돌아온 다음에 자러 가지 뭐. 좀 있으면 아주 바쁠 테니 난 여기서 불이나 때는 것이 좋겠구나.

황 씨 아이구, 주전자에 물이 없구먼. 연아!

연 고 (안에서) 예.

[연이 등장한다.

연 고 엄마, 무슨 일이세요?

황 씨 가서 주전자에 물을 담아 오너라. 좀 있다가 저 사람들 돌아오면 차를 마셔야 하니까.

연 고 예.

(주전자를 들고 퇴장했다가 좀 있다가 주전자에 물을 가득 채워 등장한다. 원래대로 주전자를 화루 위의 갈구리에 걸어 놓는다.)

연 고 엄마, 또 호랑이 한 마리 잡았어요?

황 씨 도대 아저씨가 그러는데 분명 호랑이일 것이라 하더구나. 다른 야생 동물들은 그 길로 다니지 않으니 말이다. 그리고 어제 산에 수를 써 놓지 않았더냐?

조 모 만약 호랑이라면 네 애비는 얼마나 기뻐할 지 모를 게야. 애비 말은 이번에 만약 호랑이를 잡기만 하면 이 놈은 시내에 내다 팔지 않고 껍질을 벗겨 너 담요를 만들어 주고, 호랑이 고기는 남겨 뒀다가 잔치에 쓰겠다고 하더구나.

황 씨 날짜가 얼마 남지 않았다. 너 그 신발 아직도 빨리 만들

　　　　지 않니?

연　고　만들지 않을 거에요.

황　씨　이 빌어먹을 년, 어째서 안 만들어?

연　고　신발 신고 싶지 않아요.

황　씨　왜 신발을 안 신어?

연　고　살고 싶지 않아서요. (운다.)

황　씨　왜 살고 싶지 않아?

연　고　아버지와 엄마가 꼭 저보고 시집가라고 하면 ……

황　씨　너 진씨집이 싫어서 그러는 게야?

연　고　아뇨.

황　씨　진씨집 셋째 도련님이 싫어서 그러니?

연　고　(머리를 흔든다.) ……

황　씨　그럼 왜 또 가기가 싫다는 거야?

연　고　…… 그냥 가기 싫단 말에요.

황　씨　애야, 너 그 전에는 좋다고 하더니 어찌 이제는 또 마음
　　　　이 바뀐 게야? 이런 종신대사를 어찌 어린이 장난처럼
　　　　하는 거냐? 그 쪽 집에서는 이미 결정을 했는데 넌 또
　　　　가지 않겠다니. 나는 괜찮다 해도 너희 아버지가 그러라
　　　　고 할 것 같니? 그래 너희 아버지는 괜찮다 하더라도 진
　　　　씨집에서 그렇게 할 수 있을 것 같니? 네가 좀 사리 판
　　　　단을 할 줄 알아야지. 넌 지금 두 세 살 짜리 어린애가
　　　　아니야. 진씨집과 같은 이런 집을 포기하고 안 간다면
　　　　넌 어떤 집으로 가고싶단 말이냐?

조　모　그래. 진씨집과 같은 그런 집안은 우리 진(鎭)에서 첫째
　　　　둘째로 꼽히는 집안이란다. 그런 집에서 너를 맞이하겠

호랑이를 잡은 날 밤(獲虎之夜) — 전한(田漢)

다고 한 것은 정말 너의 팔자가 좋은 거지. 네가 그런 집에 가지 않고 어떻게 더 좋은 집안으로 가겠다는 거냐? 더 좋은 집안이라 해도 그 사람이 너를 싫어하면 역시 쓸데가 없지.

연　고　전 그 어느 누구한테도 안 갈 거에요. 집에서 할머니와 어머니 시중이나 들 거에요.

황　씨　너 이런 말은 더 바보 같은 말이다. 엄마 곁에서 한 평생을 보내는 여자가 세상에 어디 있니? 내가 부탁하마. 넌 딴 생각하지 말고 그저 빨리 신이나 만들어라. 다른 예물들은 내가 대신 거의 준비를 다 해 놨으니까. 너희 아버지가 호랑이를 잡으면 너에게 침대에 펼 호랑이 담요를 하나 만들어 주고, 또 둘째 아저씨한테 부탁해서 시내에 가서 꽃 수 놓인 모기장과 비단 이불잇을 사오면 넌 시집을 갈 수가 있겠구나. 네가 아까 한 그런 말은 네가 나에게 어리광부리는 말이라는 것 내가 잘 안다. 네가 시집 간다고 너 에미가 너를 어떻게 하겠니? 있다가 너 아버지한테 이런 응석 부리지 말아라. 네 아버지가 만약 이런 말 들으면, 너도 알잖아, 네 아버지 성질.

조　모　그래. 너 애비가 너 시집 안 가겠다는 이런 말을 들으면 얼마나 화가 나겠는지 생각 좀 해 봐라.

연　고　아버지가 화를 내고 안 내는 것은 상관없어요. 제가 안 간다면 안 가는 거에요.

황　씨　그래, 너 재주 있으면 좀 있다가 아버지한테 말해라. 나는 너하고 말하고 싶지 않다. 나는 부엌에 가 봐야겠다.

연　고　(할머니 앞으로 가서) 할머니, 전 ……

조 모   (어루만지며) 이 못난아, 울긴 뭘 울어? 너의 명은 그래
         도 네 에미나 나보다는 낫지 않냐?

연 고   아니에요. 할머니, 저는 불운한 사람이라구요. (밖에서 사
         람들의 떠들썩하는 소리가 나지막하게 들려온다. 사냥개
         가 운다.)

조 모   들어 봐라. 너의 아버지가 도씨 아저씨 그 사람들하고
         호랑이를 들고 오는구나. 너 시집갈 때 또 하나 예물이
         늘게 되었다. 그리고 좀 빨리 진씨집으로 가서 복을 누
         릴 수가 있게 되는 거지. 그래도 너 밖에 나가 보지 않
         는 게냐?

연 고   아니에요. 전 가 보고 싶지 않아요. 전 호랑이가 무섭단
         말에요.

조 모   너는 호랑이를 처음 보는 것도 아닌데 뭐가 무섭다는 게
         야? 전에는 산 채로 잡았을 때도 무서워히지 않았잖니?
         이번에는 죽여서 들고 오는 것이니 더 무서워할 것 없지.

연 고   제가 어찌 호랑이를 무서워하지 않겠어요. 그놈이 저의
         명을 재촉하는데.

조 모   이것 봐라. 너 또 황바보처럼 발광을 하는구나.

연 고   할머니. 맞아요. 전 그 바보처럼 발광을 하는 거에요. 전
         늘 그 사람과 같은 미치광이가 될까 봐 두렵다구요.

조 모   너는 갈수록 바보 같은 소리를 하는구나. 멀쩡한 사람이
         어찌 이렇게 멍청이가 될 수 있단 말이냐? (사람 소리,
         개 짖는 소리 점점 더 가까워진다.) 됐다. (일어선다. 왁
         자지껄한 소리 가운데 갑장이 "들고 들어오라구" "들고
         들어오라니까"라고 하는 소리가 들린다.) 들어 봐라. 호

랑이가 이미 문앞까지 들려 왔다. 어서 가서 한 번 봐라.

연 고   싫다니까요. 전 안 볼래요. 호랑이가 집에 들어오면 제가 집을 나갈 거에요. (사람 소리, 발걸음 소리, 개 짖는 소리 등이 함께 엉켜 들린다.)

도 대   (안에서) 고씨, 자네가 대문을 좀 열라구, 문을 열라니까.

복 생   (안에서) 가운데 방에다 문짝을 하나 놔요.

이   (안에서) 자네가 발을 잘 안고 들으라구.

조 모   연아, 호랑이가 들려 왔구나. 어서 가 보자.

연 고   아뇨, 전 안 볼래요.

    [사람 소리, 발걸음 소리 더욱 가까워진다.

복 생   (안에서) 가운데 방으로 들고 들어가세.

이   (안에서) 아니야. 화로방으로 들고 가자구.

조 모   빨리 가서 문을 열어라. 호랑이를 화로방으로 들고 들어 올 모양이다.

복 생   (안에서) 왜 화로방으로 들고 가려구?

이   (안에서) 날씨가 너무 추워서 화로방으로 들어가지 않으면 안 되겠어. 빨리 가서 내려놓자구. (화로방문이 열리고 이씨가 들어와 왼쪽 벽 옆에 있는 대침대 위의 물건을 치운 후 그 위에 담요 하나를 깔고 옷을 말아서 베개로 만들어 잘 놓는다. 이 갑장이 들어와 걸상을 옮겨 놓는다. 연이와 그의 할머니가 놀라움을 금치 못하고 있는 사이, 복생과 도씨가 일찌감치 반은 들고 반은 안은 상태로 큰 호랑이(?) 한 마리를 들고 들어온다. 엉, 아니다. 알고 보니 열 일곱 여덟 살의 남루한 옷을 입은 소년이다. 다리를 다쳐 피가 줄줄 흐른다. 이 때 기절을 한다. 그들은 소

년을 시체처럼 들어서 그 큰 대나무 침대 위에 뉜다.)

조 모   어떻게 된 거냐, 사람이 다치다니?

복 생   참, 무슨 할 말이 있겠습니까?

이   어르신은 어서 불을 좀 많이 때세요. 방이 너무 추워요. 복생씨, 댁은 빨리 가서 의사를 좀 불러 오시구요.

복 생   이 시간에 어디 가서 의사를 불러와? 홰나무집 양선생님 은 또 시내에 가고 없는데.

이   안 되네. 어서 가서 한 사람 불러 와야 돼. 상처가 너무 심하다구. 사람의 목숨이 달린 것을 장난처럼 해서는 안 되지.

복 생   도주사, 그럼 문씨들이 사는 산골의 아홉째 문씨집에 한 번 다녀 오세요. 어떻게 하든지 그 사람을 오늘 저녁에 모시고 오세요. 이선생도 함께 좀 가세요, 그 사람 가마 들기 쉽게.

        [도대와 이씨 급히 퇴장한다.

        [황씨가 급히 등장한다.

황 씨   사람을 쏘다니, 누구를 쐈는데요?

복 생   누구긴, 이 골칫덩어리가 아니면 누구겠어.

        (황씨와 연이의 눈이 그 남루한 소년의 얼굴로 간다.)

복 생   기절을 했어. 빨리 물을 끓여서 좀 먹여야 되겠어. (갑자 기 연이에게 신경이 쓰여) 연이는 빨리 들어가거라, 여기 있지 말고.

연 고   (마치 아버지의 말을 듣지 못한 것처럼 눈도 깜짝이지 않고 안색이 잿빛이 되어버린 소년을 바라보고 있다가 뭔가를 잘못 봤다 의심이 되어 눈을 비비고 가까이 가서

호랑이를 잡은 날 밤(獲虎之夜) ─ 전한(田漢)

본다.) 엇, 오빠 아니에요? 오빠! (운다.)

황 씨 　정말 그 아이구나. 어찌 이렇게까지 야위었지? (일어나 물을 끓이러 간다.)

복 생 　수치도 모르는 년, 오빠는 무슨 오빠, 빨리 들어가지 못해.

조 모 　(일어나서) 정말 그 애야?

복 생 　어찌 그 바보가 아니면, 이 시간에 그 영마루에 죽으러 가겠어요? 운수가 사나울 때는 꼭 이런 운수 사나운 놈 을 만난다니까요.

조 모 　어디를 맞은 게야?

복 생 　넓적다리를 맞았는데, 조금만 더 위에 맞았더라면 이 놈 의 목숨은 달아났을 거에요.

이 　　피를 많이 흘려서 아직까지는 그래도 위험해. 우리가 가 까이 갔을 때까지도 호랑인 줄 알았는데, 자세히 보니까 쟤가 거기서 딩굴고 있잖아.

복 생 　그때 상처가 그렇게 심한 중에도 나를 보고는 축하한다 고 그러더라니까, 이 몹쓸 놈의 자식이.

조 모 　어서 피를 멈추게 하고 정신이 들게 깨워라. 불쌍한 녀 석, 그렇잖아도 이미 멍청인데, 더 불구자가 되게 해서는 안 된다.

복 생 　(소년의 다리 옆에 엎드려 피를 멈추게 하려고 한다.) 상 처가 너무 심해서 지혈이 어렵군요. 내가 가서 아랫집 이대조(이발사의 별명)를 좀 불러와야겠어. 갑장, 대신 좀 봐 주게, 내가 얼른 갔다 올 테니까.

이 　　그래, 가 봐. 여기는 내가 돌볼 테니까.

연 고 　(소년 곁으로 가까이 가서 상처를 찾는다.) 어머나, 이렇

게 심하게 다쳤어요! (한 손의 피를 만지며) 이렇게 많은
피를 흘리다니! 어머, 이거 어쩌면 좋아? (운다. 울어도
소용이 없다는 것을 알고는 갑자기 일어나더니 방안으로
들어간다. 천을 찢는 소리가 들려온다.)

이　　(하유귀에게) 오늘 저녁에 호랑이 보러 왔다가 뜻하지도
　　않게 이런 호랑이를 보게 되었구만. 먼저 돌아가게. 나는
　　좀 있다가 돌아가야겠네. (문앞까지 바래다주며) 문을 나
　　가서 곧바로 가다가 녹나무 있는 곳까지 가서 모퉁이를
　　돌아 그 긴 비탈로 들어서면 우리집이 보여. 어두워서
　　볼 수 있을까? 횃불을 하나 가지고 가게.

하　　괜찮아, 보여.

주 삼　제가 하형을 모셔다 드리지요. 간 김에 이씨 새집에 들
　　러 약을 좀 얻을 수 있나 물어보게요.

이　　그러면 더 좋구요. 우리 조모님한테 말씀 좀 전해주세요,
　　난 좀 있다가 온다더라구.
　　[하유귀와 이씨 퇴장.

연 고　(하얀 천과 솜을 한 움큼 쥐고 등장, 소년 옆에 앉아서
　　피를 닦고는 상처를 싸맨다. 소년이 약간 몸을 돌리면서
　　가늘게 신음 소리를 낸다. 연이가 가볍게 소년을 부른
　　다.) 오빠, 오빠!

소 년　(신음 소리를 내며 고통스럽게 소리를 약간 낸다.) 음.

이　　주전자의 물이 끓었으니, 어서 뜨거운 물을 좀 먹이세요.
　　[황씨, 끓인 물을 한 잔 부어 조금 식힌 후 소년 옆으로
　　가져간다. 조모는 젓가락으로 소년의 입을 약간 벌리고
　　천천히 먹인다.

호랑이를 잡은 날 밤(獲虎之夜) — 전한(田漢)

이	됐어요, 배가 좀 움찔거리는군요.
조 모	이것도 다행인 셈이다.
연 고	(가벼운 소리로) 오빠, 오빠!
소 년	(약간 높은 소리로) 아, 아야.
조 모	불쌍한 녀석, 이렇게 아파서 기절을 했었구나.
소 년	(신음 소리 가운데 잠꼬대가 섞여 있다.) 아야. 연 아가씨, 아파.
황 씨	애는 이렇게 아프면서도 그래도 연이를 잊지 못하고 있구나.
연 고	(쓰다듬으며) 오빠.
소 년	(눈을 뜨고 사방을 바라본다.) 아야. 내가 왜 여기 있지? 내가 왜 여기서 자고 있지?
이	금방 산에서 사냥총에 맞아서, 우리가 너를 여기까지 들고 왔단다. 이제 정신이 좀 드니?
소 년	정신이 좀 들어요. 아, 이씨 어르신. 아, 고모, 고모 할머니, 연 아가씨. 연 아가씨, 내가 어찌 너를 보게 되다니. 난 아직까지 산에 넘어져 있는 것 같은데. (눈을 비비며) 우리 꿈을 꾸고 있는 건 아니겠지?
연 고	오빠, 꿈이 아니야, 정말이라구. 오빠는 우리집 화로방에 있는 대나무 침대에 누워있다구요.
소 년	정말이구나. …… 하지만 난 너를 만나리라고는 생각도 못했는데. 시집간다고 하더라구. 소문에 시집을 간다고 하더라구. 며칠만 있으면 시집을 간다구. 내가 와서 축하를 해 주고 싶었지만 간이 작아서 이 집 문을 들어설 수가 없었어. 난 그저, 난 그저 네가 시집가는 그날만을 꼽

고 있었어. 진씨집에서는 꼭 가난뱅이들을 불러서 깃발을 들게 하거든. 그 때 내가 깃발을 하나 들겠다고 부탁을 해서 그 깃발로 나의 작은 경의를 표현하려고 하였던 거지. …… 그래, 그날이 언제지? 날짜는 이미 정해졌어?

연 고   오빠 …… (울음을 참지 못한다.)

[복생이 급히 등장한다.

복 생   이대조가 집에 없구먼. 피는 멎었나?

이   좀 멎었어. 연이가 그의 상처를 싸매줬다네.

복 생   (연이를 보고) 연이 너 아직까지 안 들어갔어? 빨리 들어가라니까!

연 고   (머뭇거린다.) ……

복 생   그래도 안 들어가? 이 수치심도 없는 년.

연 고   아버지, 오늘 저녁에 오빠를 보살펴주고 싶어요. 제가 평생에 한 번 드리는 부탁이에요.

복 생   쟤가 너에게 뭐가 되니? 뭣 때문에 네가 쟤를 보살펴야 한다는 게야? 쟤가 다쳤으니 당연히 내가 치료할 방법을 강구할 테니 넌 지나치게 상관하지 말아라. 그래도 썩 들어가지 못해!

이   연이에게 좀 보살피게 하는 것이 어때서? 환자는 여자들이 보살피는 것이 좋잖아.

복 생   갑장, 자네는 이 상황을 잘 몰라. …… 난 절대로 내 딸이 쟤를 보살피게 해서는 안 돼. 첫째, 난 쟤가 뭣 때문에 이 시간에 그런 산에 올라가 죽으려고 했는지 모르겠어.

이   정신이 좀 이상한 사람은 늘 이렇지 뭐.

복 생   아냐. 자네는 쟤를 바보라고 하지만, 어떤 때 말하는 것

을 보면 조금도 바보가 아니야. 난 왜 쟤가 우리집에 와
서 떠들어대는지 알 수가 없단 말일세.

소　년　고모부, 저 앞으로 영원히 고모부께 걱정을 끼치지 않을
게요. 저 다시는 고모부 댁에 오지 않을게요. 오늘 저녁
이 마지막 한 번입니다. 전 본래 오늘 저녁에 고모부 집
에 오리라고는 생각도 못했었어요. 중상을 입은 야생동
물처럼 이곳에 쓰러져 있을 줄은 더욱 생각도 못했구요.
전 그저 뒷산에서 어슴프레하게 보이는 이 집의 등불만
보는 것으로 만족하려고 했어요.

복　생　뭣 때문에 오늘 저녁에 우리집 불빛을 보려고 한 거냐?

소　년　고모부, 오늘 밤 뿐만이 아니었어요. 지난 번 이틀 밤을
제외하고 거의 밤마다 왔었어요. 제가 절간 무대 밑에
안착한 이후로 저녁마다 이렇게 했었어요. 바람이 불고
비가 내리는 밤에도 중단한 적이 없었어요. 이 집의 불
빛만 바라봐도 전 친척을 본 것만 같아 저의 그 어떤 고
초도 다 잊을 수가 있었거든요.

조　모　쯧! 애비 에미 없는 애는 정말로 불쌍해.

복　생　그렇게 우리집에 오고싶었다면 어찌 나한테 좋게 말하지
않았냐?

소　년　고모부한테 말을 잘 한다 해도 고모부는 여기 못 오게 할
것이라는 걸 잘 알고 있었거든요. 그리고 고모부한테 매
도 맞고 욕도 먹은 적이 있어서 저도 오고싶지 않았어요.

복　생　내가 너를 때리고 욕하고 그랬던 것은 모두 너 잘 되라
고 그런 거지. 누가 너더러 그렇게 말을 듣지 않게 하더
냐? 목공을 배우러 가라고 해도 안 가고. 재봉을 배우러

가라고 해도 안 가고. 뒤에 내가 또 전씨집에 가서 소를 먹이라고 해도 안 가고. 기어이 이 부근에서 밥을 빌어먹겠다고 하니 내가 어찌 성이 나지 않겠니?

소 년 예. 전 이 부근에서 밥을 빌어먹고 싶어요. 전 혼자서 무대 밑에서 잠을 자고 싶지, 이 곳을 떠나고 싶지는 않아요. 고모부가 사람들에게 알려서 돌아갈 집도 없는 이 아이를 국경 밖으로 쫓아내버린다고 해도 전 이곳을 떠나고 싶지 않아요.

복 생 나는 네가 좋은 길로 들어서지 않을까 봐서 내쫓으려고 한 거지. 만약에 네가 좋은 것을 배우면 내가 어찌 그렇게 하겠니?

소 년 치! 가난한 집의 아이는 언제나 사람들에게 내쫓기기 마련이에요. 고모부는 제가 나쁜 길로 들어설까 봐 그런 것이 아니라, 고모부 집의 연이 아가씨를 해칠까 봐 섭이 나서 그럴 뿐이지요.

복 생 들어보라니까. 난 벌써부터 쟤가 일부러 바보짓을 한다는 것을 알고 있었다니까.

소 년 고모부, 저는 정말 바보에요. 전 연이를 사랑할 자격이 없다는 것을 알면서도 그를 잊어버릴 수가 없으니, 제가 어찌 바보가 아니겠어요? 저와 연이 아가씨는 어렸을 때부터 같이 있었어요. 그때는 우리집 형편이 괜찮았었지요. 고모부는 우스개 소리로 앞으로 우리 둘은 멋진 한 쌍이 될 것이라고 그러셨잖아요. 사실 고모부가 그런 말을 하지 않았어도 우리는 그 때 벌써 희미하게나마 그런 생각이 있었어요. 그 뒤에 아버지가 세상을 뜨시고 집에

호랑이를 잡은 날 밤(獲虎之夜) ― 전한(田漢)

빛이 많게 되자 고모부는 마음이 그만 절반 식어버린 거였지요. 그리고 어머니가 세상을 뜨시고, 집에는 또 화재가 나서 땅을 다 팔아도 빚을 모두 갚을 수가 없게 되었지요. 저는 공부할 기회를 자연히 잃고 만 거지요. 손 기술을 배우는 것도 다른 사람이 하라는 대로 해야 했지요. 저더러 재봉을 배우러 가라고 할 때 전 싫어서 도망을 쳤어요. 한 바탕 욕을 먹고 매를 맞은 후에 또 이번에는 저를 끌고 목공을 배우러 가게 했지요. …… 그때부터 전 연이 아가씨가 저의 것이 될 수 없다는 것을 알게 되었어요. 목공을 배우러 가던 그날 아침 연이 아가씨에게 몇 마디 말이라도 하고 가려고 했지만 고모부는 그리 못하게 했어요. 저는 저의 운명이 기구함을 원망하며 수차 그런 생각을 끊어버리려고 했지만 어떻게 할 수가 없었어요. 웃집 진씨 아저씨가 저를 불쌍하게 여기고 저보고 자기하고 같이 시내로 장사를 배우러 가자고 했어요. 전 어쩌면 이 장사로 연이 아가씨를 잊을 수 있겠다는 생각이 들었어요. 그렇지만 그 분과 함께 도시에서 불과 몇 리밖에 떨어지지 않은 호적도란 나루터까지 갔다가 저는 혼자서 돌아와버렸어요. 전 연이 아가씨를 잊을 수가 없고, 연이 아가씨가 살고 있는 이 곳을 떠날 수가 없었어요. 다행히 절에 계시는 왕도사님이 저를 불쌍하게 여기시고 절간 무대 아래 은신할 수 있게 해 주셨어요. 저는 늘 그 분을 위해 이런 저런 일들을 해 드렸지요. 제가 밥을 빌어오지 못했을 때는 먹다 남은 재밥을 줘서 요기를 하게 했어요. 전 이렇게 1년 남짓한

세월을 보냈어요.

연 고   (운다.) ……

소 년   부모도 없고 형제도 없고, 친척이나 친구도 없는 어린아
        이가 낮에는 그런대로 괜찮다고 할지라도 밤에 혼자 절
        간 앞 무대 밑에서 잠을 자게 되면 얼마나 처량하고 무
        서운지 몰라요! 불을 피워도 자기 그림자만 비치고, 노래
        를 부르거나 목놓아 울어도 자기 한 사람만의 소리만 들
        려요. 전 그제서야 알았어요, 세상에서 가장 무서운 것은
        호랑이도 아니고 귀신도 아닌, 바로 고독이라는 것을!

연 고   (울음소리가 더욱 슬프다.) ……

소 년   저는 고독을 참을 수 없어 늘 해가 지고 산의 새들이 모
        두 둥지로 깃들 때면 저 혼자 천천히 저 뒤쪽에 있는 산
        위로 가서 이 집의 등불을 바라보았지요. 특히 연이 아가
        씨의 창문에 비친 등불을 말에요. 전 창문에 비친 불빛을
        보게되면 마치 제가 아직도 5, 6년 전 부모님의 슬하에서
        행복하게 살던 그 때로 돌아간 듯 했고, 매일 이 산에서
        연이를 부르며 같이 놀면서 산에 핀 꽃을 꺾어 연이에게
        달아주던 그 때와 같다는 생각이 들어 얼마나 기쁘고 얼
        마나 위안이 되었는지 몰랐어요! 특히 보슬비가 내리는
        밤, 그 창문에 비친 등불을 멀리서 보노라면 몽롱하게 보
        이는 것이 마치 가을날 내가 잡아준 수많은 반딧불을 연
        이가 계란껍질에 담은 것처럼 보여서 정말로 아름다웠어
        요. 저는 멍하게 바라보면서 쓸데없는 생각을 하다보면
        늘 빗방울에 옷이 촉촉이 젖은 것도 몰랐어요. 계속 그러
        다가 그 등불이 꺼지고 연이도 잠이 들면 그제서야 처량

호랑이를 잡은 날 밤(獲虎之夜) — 전한(田漢)

하게 절간 무대 밑으로 돌아와 잠자리에 들었어요.

연 고 (크게 운다.)

조 모 불쌍한 녀석. 그러면 감기에 걸리지 않겠냐?

소 년 감기요? 부모 없는 아이, 감기가 들면 어떻고 감기가 안 들면 어떤지 누가 관계할 사람이라도 있겠어요? 게다가 적막이 병보다 더 무서운데요. 저는 한 순간만이라도 고독을 면하려고 병을 돌보지 못했어요. 전 일년 남짓 풍상과 기아에 허덕이느라 몸은 이미 망가졌어요. 요 며칠 또 몸이 아파서 이틀 동안 이 창문의 불빛을 보러오지 못했어요. 아마 전 부모님의 슬하로 갈 시간이 멀지 않은 것 같고, 또 연이 아가씨가 며칠만 있으면 진씨집으로 시집을 간다는 소식이 있기도 하여, 오늘 저녁에 특별히 이 산에 올라 이틀 동안 보지 못했던, 어쩌면 앞으로 영원히 볼 수 없을지도 모르는 그 불빛을 보러 왔는데 뜻하지 않게 산에 막 도착했을 때 줄을 건드려 총에 맞게 되었어요. …… 저는 그 총에 맞아서 바로 죽기를 바랬어요. 이 몇 분 동안의 고통을 당하지 않도록 말에요. …… 그렇지만 이것 때문에 연이 아가씨를 한 번 더 만나보게 되었으니 정말 그 총에 맞은 것이 가치가 있고, 죽어도 후회가 없겠어요. 연이 아가씨! 난 너무 심하게 다쳤어. 그리고 또 몸도 많이 아프고. 네가 나를 좀 보살펴 다오. 너의 손이 나에게 닿기만 해도 나의 병은 곧 나을 것이고 고통도 사라질 거야. 연이 아가씨, 하루 저녁만 보살펴 줘, 부탁하고픈 것은 오직 이것 뿐이야.

연 고 그래요, 오빠, 내가 꼭 오빠를 보살펴 줄게요.

이   연이 아가씨가 보살펴 주면 상처가 좀 빨리 나을 게야.

조 모   불쌍한 녀석. 이토록 연이를 사랑하다니.

황 씨   애가 연이 때문에 총에 맞았구나. 불쌍하게 이렇게 몸이
        아픈 중에 또 이렇게 중상을 입다니. 쟤 어머니가 살아
        있었으면 얼마나 걱정을 했을까?

연 고   (소년의 손을 쓰다듬으며) 오빠, 잘 자요. 오늘 저녁에
        꼭 여기 있을게.

소 년   (아주 위로를 받아) 아, 고마워.

복 생   (아주 성난 말투로) 안 돼! 연아, 빨리 들어가. 여기는
        내가 간호를 할 테니 너는 신경 쓰지 않아도 된다. 너는
        이제 진씨집 사람인데 어떻게 쟤를 보살핀단 말이냐. 무
        슨 그런 말을 하는 거야!

연 고   제가 어찌 진씨집 사람이에요?

복 생   나는 너를 진씨집으로 시집보내기로 했으니 닌 진씨십
        사람이다.

연 고   저는 혼자 저 사람한테 시집을 가기로 했으니 전 황씨집
        사람이에요.

복 생   뭐야? 이 철딱서니 없는 년! 네가 감히 아버지 앞에서
        말대꾸를 해! (연이가 아직도 소년의 손을 잡고 있는 것
        을 보고) 아직까지 손을 안 놔? 빨리 기어 들어가. 매
        벌지 말고.

연 고   아버지가 때려죽여도 전 손 안 놔요.

복 생   …… (자애로운 아버지의 말투로) 연아, 너 잘 생각해봐
        라. 네 아버지가 너를 너무 사랑하기 때문에 진씨집으로
        시집을 보내는 것이 아니겠어? 네 아버지는 반평생을 어

호랑이를 잡은 날 밤(獲虎之夜) — 전한(田漢)

렵게 살아오면서 딸인 너 하나밖에 두지를 못했다. 그래서 너를 아무에게나 주고싶지가 않아. 어렵게 고르고 골라서 훌륭한 진씨집을 선택하게 되었다. 난 진씨집 쪽에서 우리가 사냥꾼 출신이라고 싫어할까 봐 걱정이었다. 그런데 너의 인물됨이 괜찮다고 생각해서 그랬던지 우리에게 혼사를 허락했다. 난 네가 기쁜 마음으로 진씨집으로 가서 반평생을 즐겁게 살 수 있기를 바랄 뿐이다. 한 두 명의 아들딸을 낳아 집에 데리고 와 외할아버지라고 불러주면 아들 없는 사람의 복이 될 것이다. 그런데 뜻밖에도 넌 철부지처럼 계속 거절을 하다가, 뒤에 가서는 나하고 네 에미가 이것저것 따지며 권했을 때 넌 그제서야 마음을 돌려 그러겠다고 했잖아. ……

황 씨 　그래, 연이 네가 직접 좋다고 했지.

연 고 　전 아버지가 계속해서 너무 다그치니까 어쩔 수가 없어서 그러겠다고 했죠. 원래는 기회를 봐서 황 오빠하고 의논해서 시집가기 전에 다른 곳으로 도망을 치려고 했다구요.

복 생 　뭐, 도망을 치려고!

연 고 　도망치고 싶었어요. 전 오래 전부터 도망을 치려고 생각했는데 기회가 없었을 뿐이에요. 제일 처음 호랑이를 잡았을 때 그걸 보러 온 사람들이 집에 득실거리는 틈을 타서 전 도망을 치려고 했어요. 막 산 중간쯤 갔는데 도대 아저씨를 만나는 바람에 할 수 없이 돌아왔어요. 그 뒤로 시집 갈 날짜가 가까워질수록 아버지는 저를 더욱 밖으로 못나가게 했어요. 며칠 전에 호랑이 고기를 가져다주러 장씨집 둘째 딸과 갔을 때 절간에 한 번 갔었어요. 장씨집 둘째 딸과 같이 가서 다른 사람에게 물을 수가 없어서 황 오빠를 찾을 수가 없었어요.

복 생 찾았으면 어쨌을 건데?

연 고 찾았으면, 날짜를 정해 같이 도망을 치는 거지요.

황 씨 어디로 간단 말이냐?

연 고 시내로요.

황 씨 누굴 찾아?

연 고 장씨 집 큰언니를 찾아 방직공장에서 일하도록 소개를 받고자 했어요.

복 생 음.

연 고 내가 오빠를 못 찾았는데 뜻하지 않게 오빠가 먼저 우리 집으로 오게 되었어요. 중상을 입은 호랑이처럼 우리집으로 들려 왔어요. 몸은 이 지경으로 야위었고, 나리에는 또 큰 구멍이 나고. …… 이렇게 많은 피를 흘리구. 황 오빠, 불쌍한 황 오빠, 난 오빠를 떠나지 않아. 살든, 죽든 난 오빠를 떠나지 않을 거야.

복 생 난 반드시 너를 떼 놓을 것이다. 절대 허락을 못해 ……. 너 이 불효 막심한 년 같으니라구. (힘껏 그들의 손을 떼어 놓으려고 한다. 그러나 그들은 사력을 다해 놓지 않는다.)

연 고 아버지!

조 모
이 (동시에) 복생이!

황 씨 (동시에) 아이구. 연아, 손을 놔라.

연 고 아니에요. 전 죽어도 손 못 놔요. 세상에 그 누구도 우리

호랑이를 잡은 날 밤(獲虎之夜) ─ 전한(田漢)

손을 떼 놓지 못해요.

복 생 내가 할 수 있다! (우뢰 같은 화를 내며 힘차게 그들의
손을 잡아 떼 낸 후, 연이를 끌고 방안으로 들어간다.)
이 짐승 같은 년, 부끄러운 줄도 모르는 년. 안 때리면
무서운 줄을 어떻게 알겠니? (방안으로 끌고 간 후, 때리
는 소리와 저항하는 소리가 들려온다.) 흥! 그래도 네가
말대꾸를 할 테냐? 그래도 네가 미친 짓을 할 테야? 그
래도 황 오빠라 부를 거야? 그래도 내가 열 받아 죽게
할 거냐구? (한 번 물을 때마다 하나씩 때린다.)

모 두 (동시에) 복생아, 복생이, 아이구, 그만 때려.
(모두 뒷방으로 간다. 무대 위에는 소년 혼자 남아 죽은
시체처럼 대나무 침대로 쓰러진다. 안에서 연이를 때리
는 소리를 듣고 옛날의 병이 다시 일시에 발작을 한다.)

소 년 아, 더 이상 참을 수가 없구나. (아픔을 억지로 참으며
침대 옆의 사냥칼을 든다.) 연이 아가씨, 내가 한 발 먼
저 가오. (자기 가슴을 찌르고 죽는다.)
[안에서 복생이 "그래도 말을 안 들어? 그래도 또 황 오
빠라고 부를 거야? 진씨집 사람이 될래 안 될래?" 하고
지르는 소리와 대나무 채찍질 소리, 맹렬하게 "황 오빠"
를 부르는 슬픈 소리, 달래는 소리 우는소리 등이 함께
들려온다.

무지막지한 여자(潑婦)

-구양여천(歐陽予倩)-

● 작가 및 작품 소개

　　구양여천(1889~1962)은 원명이 입원(立袁)이고, 호는 남걸(南杰)이다. 호남(湖南) 유양(瀏陽) 사람이다. 일찍부터 일본에서 유학하였다. 1907년에 춘류사(春柳社)에 참가하였고, 일본에서 <흑노유천록(黑奴籲天錄)>·<열혈(熱血)>을 공연하였다. 귀국 후, 문사극단(文社劇團)을 조직, 남경(南京)과 장사(長沙) 등지에서 화극을 공연하였다. 뒤에는 또 신극동지회(新劇同志會)를 조직하고, 남국사(南國社)에 참가하여 화극운동을 창도하는데 열성을 다 바쳤다.

　　구양여천은 중국 화극운동의 선구자 중의 한 사람이며, 영화를 개척한 사람 중의 한 사람이다. 1926년 상해에서 민신(民新) 영화사가 생기자마자 그는 여기서 편집을 맡았다. 그는 영화 시나리오 <옥결빙청(玉潔冰淸)>·<천애가녀(天涯歌女)>·<삼년이후(三年以後)> 등을 창작하였다. 그는 또 전통 戲曲을 계승하고 개혁하는 일에 주력하였다.

　　1906년부터 취미로 경극을 배우다가 1915년에는 정식으로 경극 배우가 되었고, 뒤에는 매란방(梅蘭芳)과 병칭될 정도로 유명해져서 마침내는 "남구북매(南歐北梅)"라 불리게 되었다. 1932년부터 1933년 겨울까지는 유럽을 돌면서 연극을 관람하였다.

　　1935년에는 공산당의 영도하에 영화계에서 활동, 신화(新華)·연화(聯華)·명성(明星) 영화사에서 영화감독을 맡았고, 또 <신도

화선(新桃花扇)>·<청명시절(淸明時節)>·<소령공(小伶工)> 등의
영화 시나리오를 창작하였다. 항전기간 중에는 중화극단(中華劇團)
을 조직하여 4편의 대형 화극 <양홍옥(梁紅玉)>·<어부한(漁夫
恨)>·<도화선(桃花扇)>·<신옥당춘(新玉堂春)> 등을 창작하여,
민족의 영웅을 가송하고 한간과 매국노를 통렬하게 비난하였다.

항전 승리 후에는 영화 시나리오 <막을 수 없는 봄빛(關不住的
春光)>·<약자여, 너의 이름은 여자로다(弱者, 你的名字是女人)>·
<연애의 길(戀愛地圖)>(하연과 합작) 등을 창작하였다.

해방 후에는 중국 문학 예술 연합회 부주석·중국 희극가 협회
부주석·중국 무도(舞蹈) 공작협회 주석·중앙희극학원 원장·중
앙실험화극원 원장 등을 역임하였다. 만년에는 공연 경험담을 담
은 <내가 연극을 하고부터(自我演戲以來)>, 예술논문집 ≪일득여
초(一得餘抄)≫, 화극 극본 <흑노한(黑奴恨)>, 경극 극본 <도화선
(桃花扇)> 등을 써서 남겼다.

<무지막지한 여자(潑婦)>는 1925년 상무인서관(商務印書館)이
출판한 ≪극본회간(劇本匯刊)≫ 제1집에 실렸던 작품이다.

작품은 "남자라면 세 명의 아내와 네 명의 첩은 있어야 한다"는
보편적인 생각을 가지고 있던 환경에서, 여자는 과연 어떠한 도덕
관을 가져야 하고, 사람들은 부녀자들을 어떻게 보아야 할 것인가
를 제기하고 있다. 작품에서는 인물간의 갈등을 통해 남자를 위주
로 하고 여자를 부속품으로 여겼던 구도덕을 부정하고, 과감하고
건강한 여자 주인공 소심이 봉건 예교에 강력하게 반항하고 투쟁
하는 바를 가송하였다. 이 작품은 1922년에 창작이 되었는데, 같
은 해에 홍심에 의해 무대화되었다. 당시 홍심은 남자가 여장을
하는 것에 반대하였던 바, <무지막지한 여자>와 <종신대사> 두

작품을 같은 날 공연하여, <무지막지한 여자>는 남자 역은 남자가, 여자 역은 여자가 맡게 하고, <종신대사>는 남자가 여장을 하도록 하여, 남녀 합연(合演)의 우수성을 증명해 보였다. 그리하여 <무지막지한 여자>는 중국 화극사상 남녀가 합연을 한 최초의 시도였던 작품이다.

중국 현대 단막극선

무지막지한 여자

배 경

중 상류층 가정의 거실

등장 인물

진신지　　　　　30세

그의 처 소심　　24세

그의 아친 이례　　　　55세

그의 모친 오씨　첩이 정실로 됨. 48세

그의 새로 얻은 첩 왕씨　16, 7세의 사온 여자

그의 여동생 지상　25세

그의 고모　　　45, 6세

계집애

늙은하녀

남자하인

막이 열리면 이례와 그의 처 오씨가 마주 앉아 이야기를 나누고 있다. 이례는 신문을 보고 있고, 오씨는 물담배를 피우고 있다.

이 례   (차갑게 웃는다.)

오 씨   왜 웃어요?

이 례   요즘 사람들이 하는 말은 정말 이해를 할 수가 없다니까. 하는 일은 더더구나 이해가 안 되구!

오 씨   그 사람들을 이해해서 뭐하게요? 전 신문도 안 보고 묻기도 싫은데.

이 례   자기하고 관계가 있으면, 묻지 않고는 안 될 걸.

오 씨   아! 전 당신이 국가 대사 때문에 웃는다고 생각했어요!

이 례   집도 제대로 못 다스리는데, 뭐 나라에까지 관심을 가질 수 있겠소! 참, 큰 가정이든 작은 가정이든 다들 웃긴다구!

오 씨   (차갑게 웃으며) 흥, 앞으로 어떻게 되는지 한 번 보세요. ─ 자기집에 살 방이 있는데도 남편을 꼬셔서 밖에 나가서 사니, 이건 그저 시아버지 시어머니 간섭이 싫어서 그런 거라구요. 사실 우리 같은 사람들은 언제 우리가 옛날 며느리들이 지켰던 규칙에 따라 우리 며느리 한번 꾸짖은 적 있었어요? 정말 손님 대하듯 했지. 그런데도 싫다고 우리 며느리들은 분가를 해서 따로 살겠다고 하니, 입을 옷 있겠다, 먹을 밥 있겠다, 그런데도 또 뭐가 마음에 안 들어서 그러는지 알 수가 없다니까요. 남의 집에 와서 며느리 노릇하면서 집안 돌보고 시부모 모시고 애들 키우는 것 말고 더 할 일이 뭐가 있다구.

이 례	허세도 부리려고 할 것이고, 사랑도 하려고 할 것이고, 자유도 가지려고 하겠지 뭘.
오 씨	자유라구요? 우리 며느리 같은 경우, 자유스럽지 못한 것이 뭐가 있는데요? 참새 잡고 싶다면 참새 잡게 하지, 큰 세상 새 세계 돌고 싶다면 돌아다니게 하지. 자기가 새도 싫다 돌아다니는 것도 싫다는데 누굴 탓하겠어요? 그저 며느리가 너무 그렇게 미친 듯 유행을 배우려고만 않으면 좋겠다 하고 바랄 뿐이지요. 사랑에 대해 말하자면 그건 더 재미있죠, 시아버지 시어머니가 그렇게 하지 말라고 하는 것은 아니잖아요? (웃는다.) 원래는 그 애들보고 아이를 키우라고 하고 싶었다구요. 남편하고 같이 살면 설마 좋아하지 않겠어요? ……
이 례	작은 방에 세 들어 사는 그런 유행을 배우고 있을 뿐이겠지. 그 사이 좋은 부부가 뭐 한다고 사통하는 짓을 배우려고 하는지 알 수가 없다니까. 그건 짜릿짜릿한 것을 재미로 여기기 때문일 거라구. 지금은 서양 사람들 흉내를 못 내서 안달이라니까. 그 넓고 사람 많은 곳이라도 사랑하는 사람이면 끌어안고 있어야 흡족해 하니 원! 앞으로 언젠가는 바지를 벗고 온 거리를 쏘다닐 거라구.
오 씨	요즘은 신지도 며느리를 그렇게 좋아하지 않습니다.
이 례	마음대로 하라 그래요, 다행히 부모들이 그들을 맺어서 결혼시킨 것도 아니고 이제는 자식도 키우고 있으니 걔들 맘대로 하게 내버려두라구.
오 씨	며느리가 시집 와서 손자도 봐 줬고 하니, 신지가 다시 첩을 얻을 필요는 사실 없어요. 하지만 며느리가 신지를

무지막지한 여자(潑婦) — 구양여천(歐陽予倩)

잘 모실 줄을 모르고, 또 요즘 신지가 바쁘고 하니 어쩔
수가 없어요. 신지보고 가라 그러세요.

(젊은 하녀가 등장한다.)

젊은하녀   고모님하고 따님이 함께 돌아왔습니다.

오 씨   오냐.

[고모와 지상이 함께 등장하고, 늙은하녀가 선물이 든 종
이 상자를 들었다.

고 모   오빠! 언니!

지 상   아버지! 어머니!

이 례

오 씨   잘 있었어(요)? 아기는 잘 크구(요)! 어서 앉아(요).!

[편하게 몇 마디씩 인사를 나누고, 이례는 선물을 본다.

이 례   뭐 한다고 또 돈을 이렇게 많이 썼는가?

고 모   뭐 좋은 것도 없어요.

지 상   아버지가 못 드시면 제가 대신 먹을게요. ― 오빠는 어
찌 집에 없지? 은행에 일이 바쁜가 봐요?

이 례   오늘은 은행 업무가 없는 날이지.

고 모   자기 처와 함께 나간 거겠지 뭐?

오 씨   흥, 정말 뭐라고 할 말이 없군요. …… 누구든 고모와 같
은 이런 현모양처가 되면 얼마나 좋겠어요?

고 모   제가 무슨 현모양처라고 그러세요? 이제는 그저 나이가 많
아서 위세를 부리지 못해서 그럴 뿐이지. (모두들 웃는다.)

이 례   요즘 이런 유행은 좀 덜 배웠으면 좋겠어. 내가 듣자하
니까 모두들 생각이 부풀어서 원. (지상을 보며) 넌 절대
로 너희 올케처럼 하지 말아라!

지　상　전 따라 갈래야 따라 갈 수도 없어요.

이　례　너희 남편은 어떻냐, 사람이 좀 좋아졌냐?

지　상　완전히 좋아졌어요, 늘 집에만 있고 그렇게 나가지도 않아요.

오　씨　그 사람이 얻은 여자는 그런대로 말은 잘 듣니?

지　상　그런대로 괜찮아요. 남자란 아무튼 믿을 게 못되는데, 첩 하나 얻어다가 집에 앉혀 놓고 밖에 나가 일만 안 저지르면 되죠 뭘. 듣자니까 오빠도 첩을 하나 얻으려고 한다던데 정말이에요?

　　　　[모두들 웃으며 신기로운 표정을 짓는다. 오씨가 고모에게 가볍게 한 마디 하자, 지상이 "무슨 말이냐?"고 묻는다.

고　모　오늘 맞이한다는데, 우리만 다 모르고 있었구나.

지　상　올케 언니가 알면 가만히 안 있으려고 할 텐데.

오　씨　네 오빠가 왜 그랬느냐 하면, 네 올케 언니가 아내 노릇 할 줄도 모르고, 시부모 모실 줄도 모르고 해서 밖에서 사람을 하나 구해 들여놓기로 한 거란다. 이렇게 하는 것도 역시 신선한 것을 즐기고 문명을 논하는 것으로써, 부족한 것을 보충하는 하나의 방법이라 할 수 있겠지.

이　례　(길게 한숨을 쉰다.)

오　씨　평소에 하는 말로 "아들이 장성하면 부모가 어떻게 할 수 없다."는 말이 정말 옳은 말이라구. 우리 늙은 애비나 에미는 그저 자기들이 하자는 대로 할 수밖에 없다니까. 다른 사람에게 시중 받는 것, 이런 복은 본래부터 없었으니 감히 망상을 할 수나 있겠어? 그렇지만 오늘은 네 오빠가 이미 쌀을 가져와서 밥을 해놓고, 오늘 첩을 맞

무지막지한 여자(潑婦) ― 구양여천(歐陽予倩)

137

아들이기로 했단다. 네 올케 언니가 알게 되면 한 바탕 울면서 난리를 치겠지만, 어쨌든 ─ 울고불고 난리를 치는 것도 문명인답지 못한 일이지! 할 수만 있다면 난리를 못 치게 하는 것이 가장 좋겠지. 그래서 ……

이　례　그런다고 며느리가 그리 난리를 칠 이유가 없지. 걔가 이치를 좀 아는 아이라면 난리를 칠 리가 없다구. 남자가 아내 셋 첩 넷 거느리는 것, 옛날부터 있어 왔다. 네 에미도 첩에서 본처로 되어, (오씨가 눈짓을 한다.) 지금 이렇게 너희들을 키우고 있는데, 역시 괜찮잖아!

오　씨　이런 말은 해서 뭣해요.

이　례　그래, 부모가 정말 마음대로 할 수 없는 일이라니까.

오　씨　제 말 좀 들어보세요, …… 오늘 전 모두 좀 일찍 오기를 바랬어요. 고모는 어떤가요? 고모부도 첩이 있고, (지상에게) 너는 어떻냐? 네 남편도 새로 첩을 삼았잖아. 모두 다 일을 겪어 본 사람들이니 있다가 우리 그 며느리를 만나거들랑 고모님이 이 말을 걔에게 잘 좀 설명해 주시고, 또 너도 옆에서 올케 언니를 잘 권해 주란 말이다. 걔가 말을 잘 들어보고, 자기를 다른 사람들과 비교를 해 보면 곧 크게 느끼는 바가 있을 거다. 그러면 어찌 일이 아주 순조롭지 않겠냐? 나는 고모나 네가 신경을 쓸까 봐서 미리 알리지를 않았었단다.

고　모　축하주를 마시라면 내가 오겠지만, 나보고 조카며느리 권하는 일을 하라면 난 감히 못해요.

지　상　고모님이 나서지 못하는 일, 저는 더 퇴짜맞을까 봐 겁나지요.

[밖에서 도련님이 돌아왔다고 외친다.

오 씨   신지가 돌아왔다는구나.

[신지는 콧수염을 좀 길렀다. 가죽으로 만든 손가방과 지팡이를 들고, 안경을 끼고 양복을 입고서 당당하게 등장한다.

신 지   아이구! 고모님, 동생, 다 왔군요.

고 모
지 상   축하하러 왔지(요)!

신 지   무슨 축하?

지 상   오빠 그래도 아닌 체 해? 오늘 첩을 맞이한다며?

신 지   웃기는 소리, 첩은 무슨 첩을 맞이한다고 그래? 그저 부모님을 위한 하녀를 하나 사오는 것일 뿐인데.

고 모   됐다, 이건 너의 일이니 부모에게 떠밀지 말아라.

지 상   (손가락으로 신지를 놀리며) 오빠는 영원히 첩을 늘이지 않겠다고 말하지 않았어?

신 지   옛날은 옛날이고, 지금은 지금이지. 옛날에 오빠는 학생이었지만, 지금의 오빠는 은행의 부사장, 얼마 안 있으면 정식 사장이 될 거란 말야. 오빠는 이제 그럴듯한 인물이 되었는데 첩을 얻지 않고 어찌 새로운 인물이라고 할 수 있겠니? 하하하하! (약간 농담을 하는 듯한 어조는 지금 자기의 단점을 감추려는 하나의 방법이다.)

지 상   올케 언니가 화를 내면 오빠가 어떻게 하는지 봐야지.

신 지   고모님과 동생을 청해서 화해를 시켜야지.

고 모
지 상   우리는 어쩔 방법이 없지(요).

무지막지한 여자(潑婦) — 구양여천(歐陽予倩)

신 지 부탁합니다, 부탁해요. (인사를 한다.)

[하인이 초를 들고 와서 불을 붙인다.

신 지 불은 왜?

남자하인 자동차가 곧 도착합니다.

신 지 (시계를 보며) 아직 일찍잖아?

고 모 마음 졸이지 말아라.

신 지 천만에요.

[하인, 어린 하녀, 결혼한 하녀 등이 급히 등장하여 "왔습니다요, 왔어요."라고 알린다.

오 씨 지상아! 네가 나가 맞이해 들어오너라.

고 모 나도 나가 봐야겠다.

오 씨 그럴 필요까지 없어요.

(지상은 문을 나가지 않고, 문 입구에 기다리고 있다. 이례의 첩이 신지의 첩을 부축하고 들어온다. 지상은 이례에게 마고자를 입고 나오라고 해 놓고, 첩으로 하여금 먼저 시아버지께 절을 하게 한다. 그리고는 오씨에게, 그 다음에는 신지에게 절을 하게 한다. 그 다음에는 오씨가 고모와 지상에게 절을 시킨다. 지상은 이례와 오씨와 신지에게 축하를 한다.)

이 례 (신지의 첩에게) 그래, 네가 이제 우리집에 왔구나. 밖에 사는 것보다는 못할 것이다만, 예절을 배우고 너희 남편을 잘 모셔야 할 게야. 뭐 모르는 것이 있으면 먼저 마님께 알리고, 좋은 식구가 되어 봐라. 일은 부지런히 많이 하고 말은 적게 하거라! 그럼 우리들이 분명 너를 귀여워할 게야.

[신지의 첩이 고개를 숙이고 있는데, 갑자기 며느리가 왔다고 알린다. 모두들 아연실색하여 신지의 첩을 안으로 들어가게 한 후, 붉은 촛불을 치운다. 소심이 손에 아들을 안고 등장한다. 뒤쪽에는 이례의 첩이 수건으로 싼 보따리를 하나 들고 문을 들어선다. 이 때 방안에 있는 사람들은 서로를 쳐다보면서 웃는다. 소심은 좀 이상하다는 느낌을 받았지만 이에 개의치 않는다. 오씨가 아이를 받아 품에 안고 "아이구 내 새끼"라고 부르자, 모두들 차례대로 한 마디씩 한다. 신지는 담배를 꺼내 피우고, 하녀들은 서로 얼굴을 쳐다보는데 아주 부자연스러운 것 같다. 소심은 수건으로 싼 보따리를 받아서 풀어 헤치더니 안에서 신발 한 켤레와 옷 한 가지를 꺼내며 오씨에게 말한다.

소 심   이건 제가 어머님 드리려고 만들었는데, 맞을는지 모르겠군요.

오 씨   네가 만들었는데 어찌 안 좋겠냐? 고맙구나. (아주 겸손해 한다.)

          [이 때 이례가 퇴장하고, 고모가 앞으로 나서서 신발을 보며, "정말 솜씨 좋다"고 칭찬을 한다. 신지가 여동생에게 무슨 손짓을 하자 지상이 손을 젓는다. 신지는 경례를 해 보이는데, 이는 자기 아내에게 말을 좀 잘해 달라고 하는 의미이다.

소 심   어머님, 어제 그 조어(糟魚)[1] 맛 어떠셨어요?

---

1) 조어(糟魚): 소금에 절인 생선을 잘게 썰어 술에 담가 밀봉해 두었다가 수시로 꺼내어 먹도록 한 것.

무지막지한 여자(潑婦) — 구양여천(歐陽予倩)

오 씨 아주 맛있더구나, 넌 정말 효심도 깊고 정말 어질기도 하지. 또 나를 위해 옷을 만들고 신발을 만들어 주고, 또 날 먹으라고 반찬을 보내주고. 집에서는 또 애를 보면서 공부까지 하고. 너무 바쁜데 좀 쉬어야지. 네게 시간이 없고 그러면 여긴 날마다 오지 않아도 된다. 정 우리가 보고싶으면 그냥 보러 오면 되고. (말을 하면서 아기에게 뽀뽀를 한다.)

소 심 뭐 그렇게 바쁜 건 없어요. 옷 한 가지 해 봤자 반 달 가량 짜면 되거든요. 뭐 그런 걸 가지고 어질다니요! (모두 웃는다.)

고 모 나도 너처럼 그런 재간이 있으면 정말 좋겠다. 네가 나에게 몇 마디라도 외국어를 가르쳐 주면 참 재미있겠는데. [이례가 오씨에게 "이것 좀 와서 보라"고 부른다. 오씨는 자기를 부른다는 것을 알고 바삐 들어간다. 고모 역시 "나도 안에 들어가서 좀 쉬어야겠다."고 하면서 따라 들어간다. 신지 역시 자리를 뜨고 싶어서 하품을 하고 기지개를 켜면서 "난 편지를 한 통 더 쓸 게 있어서."라고 말하자, 소심이 눈짓을 하면서 "드릴 말씀이 있어요."라고 말한다. 신지가 걸음을 멈추고, 지상은 뛰어서 퇴장한다. 신지와 소심은 서로 보며 웃는다.

소 심 어떠세요?

신 지 당신은 어떻소?

소 심 전 아무렇지도 않아요. 그런데 어쩐 일인지 다들 저를 보고 말하기 난처해하는 것 같아요.

신 지 그건 아마도 당신이 의심을 해서 그런 걸 거야. 노인네는 우리들의 생각하고는 다르기 때문에, 거론할 필요 없다구. 그저 우리 부부끼리 만족하면 그만이니까.

소 심 우리 두 사람 사이라면 무슨 문제가 생길 리가 없지요.

신 지 그건 물론이지, 우리는 또 부모님이 정해준 사이가 아니니까. 내 생각이지만, 이 세상에서 우리보다 더 아름다운 인연은 없을 걸? 옛날에 우리가 미술 전시회에서 만났을 때 그저 아주 간단한 말 몇 마디 나누고서 서로 성격이 아주 비슷하다고 느꼈었지. 그 뒤에 약간 곤란한 점이 있어 가까스로 결혼을 했기는 했지만 우리의 애정은 역시 아주 열렬했었지. 결혼을 하고서도 아직 결혼하지 않은 것과 같았고, 아이를 키우고 있는 지금에 와서도 그 언제나 신혼 같지 않소? 난 매일 밖에서 일을 하지만 늘 집에 돌아오고 싶었고, 집에 돌아와 당신을 보면 마치 밀월을 보내던 그날 같다니까. 우리 애정은 하루하루 쌓아온 것이기 때문에 다른 사람들하고는 다르지. (소심, 깊은 생각에 잠겨있다.) (신지가 아기를 데리고 가면서 말한다.) 이게 우리 애정의 기념품이지. …… 응 …… 애정의 기념품아 …… 보배야 ……

소 심 (아기를 데리고 가며) 당신과의 사랑, 그건 말할 것도 없지요. 전 당신과 사귀면서 저의 몸과 영혼을 모두 당신에게 다 주었으니까요.

신 지 나의 몸과 영혼도 당신에 다 바쳤지!

소 심 걱정이 되는 것은 우리 사이가 너무 좋아, 조물주가 시기를 해서 갑자기 불행한 일이 생기면 어떨까 하는 거에요!

신 지 안심하라구. 우리의 마음은 이미 시련을 겪으며 단련이

무지막지한 여자(潑婦) — 구양여천(歐陽子倩)

된 것이라 형식이 변하든 변하지 않든, 정신은 영원히 변하지 않을 게야!

소 심 당신이 말하는 형식의 변화라는 이 말이 무슨 뜻인지 모르겠지만, 전 지금 그런 생각이 들어요, 환경의 역량이 강해서 한 사람이 이 환경을 이겨낸다는 것은 참으로 힘들다는 거에요. 걱정이 되는 것은 환경의 지배를 받아 형식상에 변화가 생기고, 이것에 따라 정신도 변질될까 하는 거에요!

신 지 당신, 나를 의심하는 거야?

소 심 내 어찌 차마 당신을 의심하겠어요? 당신을 의심한다는 것은 제 자신을 의심하는 거나 마찬가진 걸요. 하지만 ······

신 지 하지만 뭐요?

소 심 하지만 사람이 학당에서 공부를 할 때는 사회 물을 먹지 않아 마음이 아주 순수하지만, 졸업을 하고 밖에 나가 일을 하게 되면 접하는 것이 도처마다 다르고, 또 습관적인 압박을 적지 않게 받게 되어 점점 처음의 그 생각은 변하게 되고, 이것이 오래되면 자연스럽게 여러 가지 일에도 영향을 주게 된다는 거지요!

신 지 당신이 왜 이런 말을 하는지, 난 잘 모르겠군. (갑자기 불안해 하다가, 따뜻한 미소를 짓는다.)

소 심 당신이 잘 모르면 참 좋겠어요! (신지가 손을 소심의 어깨에 얹자, 소심 역시 한 손으로 아이를 안고, 한 손으로 신지의 그 손을 잡는다.)

신 지 여하튼 한 마디로 말해서 난 어떤 일이 있어도 언제나 나의 균형을 유지하면서 나의 주장을 바꾸지 않을 것이고, 나의 신념을 바꾸지 않을 거라구!

소　심　(신지가 아이를 데려가자, 소심은 신지의 어깨에 엎드려 한참 말이 없다. 신지, 소심의 등을 두드린다.)

신　지　됐어, 됐어, …… 당신이 또 무슨 일로 여기서 이렇게 답답해하는지 모르겠구려!

소　심　(고개를 들며 우는 듯 웃는 듯한 탄식의 소리로) 후, …… 애정도 어느 단계까지 오면 뜻하지 않는 의심이 생기나 봐요! 전 정말 무서워요, 너무 진짜 같아서요!

신　지　뭐가 무섭다고 그래, 내가 보증을 하는데. 그래도 무서워?

소　심　저도 당신을 끝까지 믿을 것으로 보증을 하긴 하지요.

신　지　(호주머니에서 보석 목걸이를 꺼내며) 내가 당신에게 보증을 삼을 물건을 하나 주지.

소　심　(웃으며) 당신 뭐 한다고 이런 걸 사고 그래요, 전 아직 이런 걸 걸어본 적도 없는데! (아기가 울자 그를 달랜다.)

신　지　이건 그저 장난 삼아 해본 것일 뿐이야. 내가 노동해서 얻은 성과를 당신 몸에다 표현 한 번 해 본 것이라구. (목걸이를 소심에게 걸어주고, 시계를 보며) 난 지금 아주 중요한 편지를 좀 쓰러 가야겠어. 동생하고 고모가 당신한테 할 말이 있는 것 같더라구! (지상이 문 안쪽에서 삐쭉 내다보자 신지가 그녀에게 손짓을 한다. 소심은 무슨 생각에 잠긴 채, 이리 저리 왔다갔다 한다. 지상과 고모는 감히 나오고 싶은 생각이 없어 서로 밀고 끌면서 나온다. 나와서는 웃으며 서로 미룬다. 등장하여 소심과 이야기를 나누는데 서로가 아주 예의를 갖추어 정중하다.)

소　심　고모님, 아가씨, (고모와 지상은 웃음을 그치지 않는다.)

무지막지한 여자(潑婦) — 구양여천(歐陽予倩)

무슨 일로 이렇게 기뻐하세요? 무슨 일로 웃으시는데요?

고　모　아무 일도 아니다, 미련한 사람 웃음이 많다 하지 않던.

소　심　고모님, 두통은 이제 좀 괜찮으세요? (지상이 아기를 데려간다.)

고　모　좋아졌어, 그래 고맙구나!

소　심　듣자하니까 고모부의 둘째 고모가 임신을 하셨다구요?

고　모　누가 아니래니! 그래서 내가 할 일이 많이 줄어들게 되었구나.

소　심　처음에는 고모님도 아주 화가 많이 났었지요!

고　모　생각해 보니 정말 멍청했다 싶구나. 그리 화낼 게 뭐가 있었다고? 남자가 여자를 보는 대로 사랑하는 것도 늘 있는 일인데, 누가 남자들에게 사랑을 못하게 할 수 있겠니? 너 남편이 첩을 하나 얻는다고 네가 성을 내는 것도 쓸 데 없는 일이고, 오히려 그 다툼이 부부간의 사이만 나빠지게 한단다. 오히려 대충 그 사람 하는 대로 내버려 둬서 자기 스스로 미안한 마음이 들도록 하는 것이 낫지. 너희 고모부도 요즘은 잘 한단다. 늘 둘째한테 시켜서 나를 도와 일도 해 주게 하니까, 나도 남편을 그 사람한테 보내주기도 하고. 작은 부인이 있으니까 밖에 나가서 오입질하지 않아서 더 잘된 셈이지 뭘. (지상에게) 너희 고모부가 새로 얻은 그 사람, 참 착실한 것 같더구나.

지　상　그렇게 하는 것도 괜찮은 것 같아요. 청렴한 관리, 집안 일은 잘하기 어렵다고 하잖아요. 그저 체면치레만 하면 되지, 우리 같은 이런 대가집 사람이 질투할 것이 뭐 있겠어요?

고　모　부부 사이가 좋기만 하면 돼. 첩 하나쯤은 말할 필요도 없고, 그 사람이 첩 열을 데려온다고 해도 조강지처 반에도 못 미치지. 나는 늙었지만 자네들같이 젊고 아름다운 사람들은 남편이 좋아하지 않을 수가 있겠어?

소　심　여자가 세상에 태어나서 남자에게 환심사면 다 끝난 것인가요?

고　모　물론 반드시 남자들에게 환심을 사야된다는 것은 아니지만, 그렇지만 …… 그래! 남자들 일이란 정말 말로 표현하기가 쉽지 않지. 여자가 남들한테 어질고 총명하다는 말 듣기도 쉽지 않지만.

소　심　(미소를 지으며) 고모와 아가씨 같은 사람이야말로 정말 어질고 부덕을 가졌지요.

지　상　언닌 또 우리를 놀리는군요, 올케 언니야말로 얼마나 현모양천데.

고　모　정말 그렇지.

지　상　오빠와 올케 언니와 같이 이렇게 사이 좋은 부부가 어디 있어요? 올케 언니는 또 학당출신이고, 오빠는 언니만 못한 구석이 있어 올케를 보기만 해도 마음이 동하죠, 안 그래요?

고　모　누가 아니래니?

소　심　놀리지 마세요, 아가씨 아까 무슨 말을 하려고 했는데요?

지　상　아무 것도 아니에요, 그저 오빠가 좋다고 말하려고 했을 뿐이에요.

고　모　신지가 참 좋겠어, 이것도 다 아내가 양보를 해 주니까 그렇지.

무지막지한 여자(潑婦) — 구양여천(歐陽予倩)

소 심	(귀찮아 하면서) 양보를 하고 안 하고 할 게 뭐 있겠어요?
고 모 지 상	(히죽히죽 웃는다.)
소 심	들리는 말에 누군가가 신지씨한테 첩을 하나 붙여주겠다고 했다던데 그게 정말이에요?
고 모 지 상	어디서 이 말을 들었는데(요)?
소 심	사람들의 기색을 보고 그럴 것이라는 생각이 들었을 뿐이에요.
고 모	그런 일은 없다. 하지만 예를 들어 …… 만일에 신지가 첩을 하나 얻는다면 넌 어떻게 하겠니? (남의 재앙을 보고 기뻐하는 모습을 하고 있는데, 지상은 그저 웃기만 한다.)
소 심	그래도 아무렇지 않아요.
지 상	올케 화나지 않는다구요?
소 심	내가 성낼 일도 아닌데요 뭘.
고 모	원래는 이런 말을 하고싶지 않았다만, 네가 물으니까 내가 말을 하지 않을 수가 없구나. 넌 현명하고 총명한 사람이니 말을 해도 괜찮을 것 같구나.
소 심	언젠가는 알아야 할 일인데, 고모님이 솔직하게 말씀해 주시는 것이 좋지 않겠어요?
고 모	그 사람을 이미 집안으로 맞이해 왔단다.
소 심	(크게 놀란다. 억지로 진정을 하며) 예! 벌써 집에 데려 왔다구요? 정말 괴상한 일이군요. 사실 신지씨가 첩을 얻는다는 것도 별 것은 아니지만, 그렇지만, 내가 또 첩

중국 현대 단막극선

	을 데려오지 말하고 하는 것도 아닌데 어찌 나를 속일 수가 있단 말에요?
고 모	그래서 신지가 우리더러 차근차근하게 자네에게 이야기를 하라고 했단다. (웃으며) 신지는 좀 난처해서, 자네를 앞에 두고 말하기가 미안해서 말야. 아주 자네한테 미안해 하더라구. ― 이러는 것은 역시 조카한테 양심이 있다는 거지!
소 심	참 우스운 얘기로군요. 이게 뭐 미안하고 안 하고 할 일이에요? 이렇게 하니 더 재미가 없는 것 같군요.
지 선	엄마하고 아버지 생각은, 오빠에게 첩을 얻어주려고 한 사람은 올케 언니였다고 생각하는 것 같던데요.
소 심	(분노를 꾹 참으며) 난 이렇게 어질지 못해요, 난, 그렇게 할 수가 없어요 …… (목걸이를 본다.)
지 상	일이 이렇게 되었는데, 올케 언니는 어쩔 생각이에요?
고 모	(웃으며) 신지를 그냥 봐줘서는 안 되지. (지상이 바로 말을 받는다.)
지 상	진지하게 화를 한 번 내세요. (소심을 자세히 본다.)
소 심	(냉소하며) 그 사람이 좋아하는 것인데 내가 무슨 말을 하겠어요! 내 생각에 그 첩으로 온 사람은 분명 기루에 있던 사람인 듯 하군요!
고 모	아마 그럴 게야. 신지가 은행일을 하다보니 그 바닥에 있는 사람들은 모두 신지에게 접대를 하지. 요즘 접대, 요즘 접대는 늘 그런 곳에서 이루어진다구. ― 사실 신지의 그런 위세도 다 자네 복일세.
지 선	사람들이 다 올케 언니의 복을 부러워해요.

무지막지한 여자(潑婦) ― 구양여천(歐陽予倩)

고 모   그렇지만 젊은 사람들이 번화한 곳에 있으면, 정말로 성
       공할 가능성이 있는 사람은 얼마 안 돼 (생각을 굳히려
       한다.)

소 심   이런 말은 다 그 사람한테 할 필요도 없어요. 이미 사람
       이 집에 왔으니 언제나 감춰둘 수는 없지요. 제 생각에
       는 우리가 인사라도 하는 것이 좋을 것 같군요. 사람들
       을 다 불러서 신지씨에게는 마음 편하게 해 주고, 부모
       님 두 분에게는 안심을 시켜드리고 말에요. 고모님, 아가
       씨 어떻게 생각하세요? (고모와 지선이 아주 이상스럽게
       생각한다.)

고 모   정말이냐?

지 상   올케 언니가 이렇게 어질 줄은 정말 몰랐어요.

소 심   어질다 어질지 않다 말 할 것이 못 되죠. 안 그러면 어
       떻게 하겠어요?

고 모
지 상   물론 이렇게 할 수밖에 없긴 하지(요)!

소 심   그러면 수고스럽겠지만 고모님과 아가씨가 아버님과 어
       머님, 그리고 신지씨에게도 좀 알려 주세요. 오늘 집에
       왔으니까 모두 인사나 하자구요!

고 모   내가 가서 말하지.

소 심   저는 가서 초면에 선물하나 준비할게요! (퇴장한다.)
       [고모와 지상이 이상하다는 듯 서로 바라본다.

고 모   어떻게 하면 좋겠냐?

지 상   부모님께 이대로 말씀드려요! (신지가 살그머니 등장한다.)

신 지   어떻게 되었어요?

[지상이 괴상한 모습으로 퇴장한다.

고 모 오늘 정화전(頂花磚) 노래를 불러야 할 것 같구나! ……
너의 처가 참으로 어질고 현명하구나!
[신지가 웃고 있는데 이례가 오씨와 지상과 함께 등장한
다. 젊은 종, 나이 많은 종이 뒤를 따른다.

이 례 이러면 정말 좋지, 원래 이렇게 해야 되는 거라구!

오 씨 이러기도 참 어려운 일이에요, 당신 복이 많아서 그렇지.
며느리가 정말 어질고 현명해요. 이제 모두에게 인사를
시킵시다. (지상이 멀리서 신지를 놀리자, 신지가 그녀에
게 우쭐해 보인다.)

고 모 인사를 하게 되었으니, 내가 가서 조카며느리를 불러오마!

이 례 당연히 둘째보고 모시라고 해야지!

지 상 제가 가서 둘째 언니를 불러올게요! (퇴장했다가 신지의
첩 왕씨를 데리고 등장한다.)

신 지 저는 회의가 있어 가봐야겠어요! (나가려고 하는데 갑자
기 소심이 부르는 소리 들린다.)

소 심 신지씨 어찌 나가려고 그래요! (신지, 어쩔 바를 몰라 하
다 어쩔 수 없이 고개를 돌리고, 잘못을 알고 고개를 숙
이고 있다. 억지로 웃으려고 해도 안 되고, 또 감히 나가
지도 못한다.)

이 례
오 씨 지상아 둘째더러 올케 언니에게 인사 올리라 하여라!

지 상 예! (바로 가서 왕씨를 부축하려고 한다.)

소 심 잠깐만요, 이게 무슨 뜻인데요? (왕씨에게) 난 아가씨와
꼭 같은 사람이고, 아가씨는 나를 한 번도 보지도 못했

무지막지한 여자(潑婦) — 구양여천(歐陽予倩)

는데 왜 나에게 절을 합니까!

모 두 마땅히 그렇게 해야지(요)!

소 심 그렇지 않아요! (왕씨에게) 아가씬 어떻게 오게 되었어요?

왕 씨 물론 저 스스로 오지는 않았지요. 여기 계신 도련님이 데려온 것이지요!

소 심 내가 알지요, 저 사람이 돈으로 아가씨를 꼬셔서 데리고 왔다는 것!

왕 씨 전 몰라요.

소 심 안심하세요, 아가씨를 난처하게 할 사람은 없으니까. (신지에게) 당신 그 전에 저에게 뭐라고 말했어요? 당신은 늘 저에게 뭐라고 말했냐구요? 당신 아까 저에게 뭐라고 했죠? 당신은 일부다처제를 반대한다고 하지 않았어요? 당신은 신성한 연애를 주장한다고 하지 않았어요? 당신, 여자의 해방을 주장하는 중견인물이라고 자처하지 않았던가요? 당신은 절대로 진실된 마음으로 사람을 속이지 않는 것을 신조로 삼는다고 하지 않았어요? 당신은 기생 제도를 없앨 것을 주장하고 금전으로 그 무고한 여자들을 못살게 구는 것을 보고 참을 수가 없다고 말하지 않았어요? 당신은 시종 그 정의와 인도의 가면을 벗지 않으면 안되었는데, 오늘에 와서야 당신 스스로 모든 것이 다 거짓이었다는 것을 증명하고 말았어요! (신지가 웃는다.) 당신 득의양양해 하지 말아요, 웃고 우는 것으로 당신의 그 거짓됨을 덮을 수는 없으니까요. 난 일생동안 당신에게 속았어요. 내가 그저 원망스러운 것은 옛날에 당신과 같이 사귈 때 당신의 그런 약점을 간파하지 못했던 거에요. 당신, 사람을 속이는데 이골이 나서, 이제는 나를 버리고 또 다른 사람을 속여요? 지금 다른 말은 더 할 필요도 없어요. 먼저 당신 저 아가씨를 돌려보내고, 그 매신(賣身) 증서를 돌려 주어 자유를 주세요. 그리고 저 아가씨 혼자 살아갈 수 있도록 돈 이천 원을 주세요. (모두들 한 참 할 말을 잊는다. 신지만이 억지로 웃을 뿐이다.)

이 례 (크게 성을 내며) 이게 무슨 짓이냐! 아내가 남편을 강박하여 첩을 쫓아내게 하는 그런 법이 어디 있다더냐? 질투하고 시기하는 것도 사람들 앞에서 하는 것이 아니다. 오늘 이 일은 부모가 책임지고 한 것이니, 그렇게 심하게 할 것 없다.

소 심 저의 생각은 이미 정해졌습니다. 더러운 죄명을 저에게 씌운다 해도 저에게 위협이 되지 않을 거에요. 여러분들이 저의 말을 듣지 않으면 이 아이를 죽여버리겠어요. (작은 칼을 꺼내 아이 목에다 댄다. 모두 칼을 빼앗으려 한다.) 당신들이 칼을 빼앗으려고 하면 바로 찔러버리겠어요. 하겠다, 안 하겠다, 한 마디로 대답하세요! (모두 눈짓을 하는데 그 뜻은 신지더러 잠시 대충 시키는대로 해주라는 뜻이다.)

신 지 (어쩔 수 없이 왕씨의 매신 증서와 송금 용지 두 장을 왕씨에게 준다.) 그래요, 그래, 그렇게 하지요. 당신 말대로 하리다! (왕씨에게) 이걸 줄 테니 하고싶은 대로 하시오. (다시 소심에게) 이러면 됐지요? (왕씨에게) 당신은 뒤에 가서 좀 쉬시오!

무지막지한 여자(潑婦) — 구양여천(歐陽予倩)

모 두　그렇게 하는 것이 좋겠군! 그렇게 하는 것이 좋겠어.

소 심　잠깐만요. (왕씨에게) 아가씨 그 매신 증서를 찢어버려요! (왕씨가 증서를 꺼내자 소심이 매신 증서를 빼앗아가 찢어버린다. 이에 왕씨가 겁을 낸다.) 아가씨 나가지 말아요. 내 오늘 이 불평한 심기, 끝장을 보고 말 거에요. 내가 책임을 지겠어요! (모두들 아주 괴상하다고 생각한다. 이례는 탄식만 한다. 오씨는 어리둥절한 모습으로 "그래" "잘한다"라고 말한다. 소심 다시 오씨에게) 아가씨가 아무리 발버둥을 쳐도 저 사람 손아귀를 빠져나가지 못해요. 아가씨가 나갈 수는 있어도 분명 좋은 결과는 없을 거에요. 그러니 오늘은 나를 따르세요. 내가 아가씨에게 자립할 수 있는 그 수를 가르쳐 줄 테니. 내가 아가씨를 친 누이동생처럼 대하면서 다시는 절대로 남자들에게 속히지 않도록 해 줄 테니! 지금 당신의 일은 내가 보증을 하리다. 나는 또 내 문제를 요구해야겠어요! (신지에게) 우리 이제 헤어져야겠어요. 두 장의 이혼장을 써서 한 장은 당신이 서명을 해서 나에게 주고, 한 장은 내가 서명해서 당신에게 주겠어요. (신지가 머뭇거린다.) 거짓부릴 필요 없어요, 통쾌하게 쓰세요!

고 모　부부 중에서도 좋은 부부들이 말로 했으면 됐지, 어찌 이럴 필요까지 있겠어?

신 지　당신이 떠나겠다면 나도 방법이 없지, 쓰자구! (종이를 내어 쓴다.)

지 상　오빠, 그럴 필요 있어요? 다들 한 때 성이 나서 그런 건데, 정말로 이리 심각하게 나가면 엄마 아버지가 어떻게 감당할 수 있겠어요? (못 하게 막으려고 한다.)

이 례   그래! 모두 나가거라! 어쨌든 지금 부모들은 다 성가신
         존재들이지, 다 폐물이라구! (퇴장한다.)

지 상   전 더더욱 어쩔 줄을 모르겠어요! (울음을 터뜨리자 지
         상이 가서 달랜다.) (신지가 이혼장을 다 써서 왕씨에게
         주자 왕씨가 소심에게 준다. 소심이 서명을 해서 각각
         한 장씩 가진다.)

소 심   됐어요! 고마워요! (왕씨에게) 안심해요! 내가 잘못 안내
         하지는 않을 테니. 내가 끝까지 도와줄 테니 나를 따라
         가자구요. 내 반드시 아가씨를 유용한 사람으로 만들어
         줄 테니. (왕씨, 아주 난처한 모양을 하고 어찌할 줄을
         모른다.) 애는 내가 데려가겠어요!

신 지   그건 안 되지!

오 씨   그 무슨 말이라구 히는 게냐?

이 례   (안에서 얼른 나오며) 애를 데리고 간다구! 웃기는 소릴
         하는구나! 애는 진씨집 자손이다. 네가 여기 있을 때는
         애 엄마였다만, 이제 이혼을 했으니 넌 남이다. 그런데
         어찌 네가 애를 데리고 간단 말이냐? 안 된다, 절대 안
         되지!

소 심   (애를 가리키며) 애는 당신들의 사유물이 아니에요, 애는
         국가와 세계의 공유물이란 말에요. 전 결코 앞으로 유용
         한 국민이 될 사람을 이런 가정에 놓아둘 수가 없어요.
         이런 기만적인 부권(父權) 아래서 그런 기만적인 교육을
         받게되면 애가 죄악의 청년으로 변해버릴 거라구요! 순
         결한 아동에게 죄악에 감염이 되도록 내버려두는 것은

무지막지한 여자(潑婦) — 구양여천(歐陽予倩)

부모 된 자의 죄악이라는 사실을 알아야죠. 애를 장차 나쁘게 만들 거라면 차라리 지금 눈앞에서 엄마의 손에서 깨끗하게 죽어버리는 것이 낫지요! (칼을 들고 찌르려고 한다. 모두 놀라는데, 소심이 웃는다.) 내가 어찌 이 애를 죽이겠어요? 우리 보배를! 쓸데없는 한담할 여가가 없군요. (왕씨에게) 아가씨! 우리 갑시다! (왕씨 손을 잡고 퇴장한다. 소심이 목걸이를 신지에게 던지며) 애정의 징표요! (왕씨 어쩔 수 없다는 모습으로 따라 퇴장한다.)

모 두 (서로 쳐다보며) 정말 무지막지한 여자로구먼!

— 끝

作品
原文

终身大事

胡 适

(序) 前几天有几位美国留学的朋友来说，北京的美国大学同学会不久要开一个宴会。中国的会员想在那天晚上演一出短戏。他们限我于一天之内编成一个英文短戏，豫备给他们排演。我勉强答应了，明天写成这出独折戏，交于他们。后来他们因为寻不到女角色，不能排演此戏。不料我的朋友卜思先生见了此戏，就拿去给《北京导报》主笔刁德仁先生看，刁先生一定要把这戏登出来，我只得由他。后来因为有一个女学堂要排演这戏，所以我又把它翻成中文。这一类的戏，西文教做Farce，译出来就是游戏的喜剧。

这是我第一次弄这一类的玩意儿，列位朋友莫要见笑。

【戏中人物】

　　　田太太

　　　田先生

　　　田亚梅女士

　　　算命先生(瞎子)

　　　田宅的女仆李妈

  [田宅的会客室。右边有门，通大门。左边有门，通饭厅。背面有一张沙发榻。两旁有两张靠椅。中央一张小圆桌子，桌上有花瓶。桌边有两张座椅。左边靠壁有一张小写字台。

  [墙上挂的是中国字画，夹着两块西洋荷兰派的风景画。这种中西合璧的陈设，很可表示这家人半新半旧的风气。

  [开幕时，幕慢慢地上去，台下的人还可听见台上算命先生弹的弦子将完的声音。田太太坐在一张靠椅上。算命先生坐在桌边椅子上。

田太太 你说的话我不大听得懂。你看这门亲事可对得吗？

算命先生 田太太，我是据命直言的。我们算命的都是据命直言的。你知道 —

田太太 据命直言是怎么样呢？

算命先生 这门亲事是做不得的。要是你家这位姑娘嫁了这男人，将来一定没有好结果。

田太太 为什么呢？

算命先生 你知道，我不过是据命直言。这男命是寅年亥日生的，女命是巳年申时生的。正合着命书上说的"蛇配虎，男克女。猪配猴，不到头。"这是合婚最忌的八字。属蛇的和属虎的已是相克的了。再加上亥日申时，猪猴相克，这是两重大忌的命。这两口儿要是成了夫妇，一定不能团圆到老。仔细看起来，男命强得多，是一个夫克妻之命，应该女人早年短命。田太太，我不过是据命直言，你不要见怪。

田太太 不怪，不怪。我是最喜欢人直说的。你这话一定不会错。昨天观音娘娘也是这样说。

算命先生　哦! 观音菩萨也这样说吗?

田太太　是的, 观音娘娘签诗上说 — 让我寻出来念给你听。(走到写字台边, 翻开抽屉, 拿出一张黄纸, 念道) 这是七十八签, 下下。签诗说:"夫妻前生定, 因缘莫强求。逆天终有祸, 婚姻不到头。"

算命先生　"婚姻不到头!"这句诗和我刚才说的一个字都不错。

田太太　观音娘娘的话自然不会错的。 不过这件事是我家姑娘的终身大事, 我们做爷娘的总得二十四小心的办去。 所以我昨日求了签诗, 总还有点不放心。 今天请你先生来看看这两个八字里可有什么合得拢的地方。

算命先生　没有。没有。

田太太　娘娘的签诗只有几句话, 不容易懂得。 如今你算起命来, 又合签诗一样。 这个自然不用再说了。(取钱付算命先生) 难为你。这是你对八字的钱。

算命先生　(伸手接线) 不用得, 不用得。多谢, 多谢。想不到观音娘娘的签诗居然和我的话一样! (立起身来)

田太太　(喊道) 李妈! (李妈从左边门进来) 你领他出去。(李妈领算命先生从左边门出去)

田太太　(把桌上的红纸庚帖收起, 折好了, 放在写字台的抽屉里。又把黄纸签诗也放进去, 口里说道) 可惜! 可惜这两口儿竟配不成!

田　女　(从右边门进来。她是一个二十三四岁的女子, 穿着出门的大衣, 脸上现出有心事的神气。进门后, 一面脱下大衣, 一面说道) 妈, 你怎么又算起命来了? 我在门口碰着一个算命的走出去。你忘了爸爸不准算命的进门吗?

田太太　我的孩子, 就只这一次, 我下次再不干了。

田　女　但是你答应了爸爸以后不再算命了。

田太太　我知道，我知道，但是这一回我不能不请教算命的。我叫他
　　　　来把你和那陈先生的八字排排看。

田　女　哦！哦！

田太太　你要知道，这是你的终身大事，我又只生了你一个女儿，我
　　　　不能胡里胡涂的让你嫁一个合不来的人。

田　女　谁说我们合不来？我们是多年的朋友，一定很合得来。

田太太　一定合不来。算命的说你们合不来。

田　女　他懂得什么？

田太太　不单是算命的这样说，观音菩萨也这样说。

田　女　什么？你还去问过观音菩萨吗？爸爸知道了更要说话了。

田太太　我知道你爸爸一定同我反对，无论我做什么事，他总同我反
　　　　对。但是你想，我们老年人怎么敢决断你们的婚姻大事。我
　　　　们无论怎样小心，保不住没有错。但是菩萨总不会骗人。况
　　　　且菩萨说的话，和算命的说的，竟是一样，这就更可相信了。
　　　　(立起来，走到写字台边，翻开抽屉) 你自己看菩萨的签诗。

田　女　我不要看，我不要看！

田太太　(不得已把抽屉盖了) 我的孩子，你不要这样固执。那位陈先
　　　　生我是很喜欢他的。我看他是一个很可靠的人。你在东洋认
　　　　得他好年了，你说你很知道他的为人。但是，你年纪还轻，
　　　　又没有阅历，你的眼力也许会错的。就是我们活了五六十岁
　　　　的人，也还不敢相信自己的眼力。因为我不敢相信自己，所
　　　　以我去问菩萨又去问算命的。菩萨说对不得，算命的也说对
　　　　不得，这还会错吗？算命的说，你们的八字正是命书最忌的
　　　　八字，叫做什么"猪配猴，不到头，"正因为你是巳年申时生

作品 原文：終身大事

的，他是 —

田 女　　你不要说了，妈，我不要听这些话。(双手遮着脸，带着哭声)
　　　　我不爱听这些话! 我知道爸爸不会同你一样主意。他一定不会。

田太太　　我不管他打什么主意。我的女儿嫁人，总得我肯。(走到她女
　　　　儿身边，用手巾替她揩眼泪) 不要掉眼泪。我走开去，让你
　　　　仔细想想。我们总是替你打算，总想你好。我去看午饭好了
　　　　没有。你爸爸就要回来了。不要哭了，好孩子。

　　　　[田太太从饭厅的门进去了。

田 女　　(揩着眼泪，抬起头来，看见李妈从外边进来，她用手招呼她走
　　　　近些，低声说) 李妈，我要你帮我的忙。我妈不准我嫁陈先生 —

李 妈　　可惜，可惜! 陈先生是一个很懂礼的君子人。今儿早晨，我
　　　　在路上碰着他，他还点头招呼我咧。

田 女　　是的，他看见你带了算命先生来家，他怕我们的事有什么变
　　　　卦，所以他立刻打电话到学堂去告诉我。我回来时，他在他
　　　　的汽车里远远的跟在后面。 这时候恐怕他还在这条街的口子
　　　　上等候我的信息。你去告诉他，说我妈不许我们结婚。但是
　　　　爸爸就回来了，他自然会帮我们。你叫他把汽车停到后面街
　　　　上去等我的回信。你就去吧。(李妈转身将出去) 回来! (李
　　　　妈回转身来) 你告诉他 — 你叫他 — 你叫他不要着急! (李
　　　　妈微笑出去)

田 女　　(走到写字台边，翻开抽屉，偷看抽屉里的东西。伸出手表看
　　　　道) 爸爸该应回来了，快十二点了。

　　　　[田先生约摸五十岁的样子，从外面进来。

田 女　　(忙把抽屉盖了。站起来接她父亲) 爸爸，你回来了! 妈说，
　　　　…… 妈有要紧话同你商量，— 有很要紧的话。

田先生	什么要紧话？你先告诉我。
田 女	妈会告诉你的。(走到饭厅边，喊道) 妈，妈，爸爸回来了。
田先生	不知道你们又弄什么鬼了。(坐在一张靠椅上。田太太从饭厅那边过来。) 亚梅说你有要紧话，—— 很要紧的话要同我商量。
田太太	是的，很要紧的话。(坐在左边椅子上) 我说的是陈家的这门亲事。
田先生	不错，我这几天心里也在盘算这件事。
田太太	很好，我们都该盘算这件事了。这是亚梅的终身大事，我一想起这事如何重大，我就发愁，连饭都吃不下了，觉也睡不着了。那位陈先生我们虽然见过好几次，我心里总有点不放心。从前人家看女婿总不过偷看一面就完了。现在我们见面越多了，我们的责任更不容易担了。他家是很有钱的，但是有钱人家的子弟总是坏的多，好的少。他是一个外国留学生，但是许多留学生回来不久就把他们的原配的妻子休了。
田先生	你讲了这一大篇，究竟是什么主意？
田太太	我的主意是，我们替女儿办这件大事，不能相信自己的主意。我就不敢相信我自己。所以我昨儿到观音庵去问菩萨。
田先生	什么？你不是答应我不再去烧香拜佛了吗？
田太太	我是为了女儿的事去的。
田先生	哼！哼！算了。你说罢。
田太太	我去庵里求了一签。签诗上说，这门亲事是做不得的。我把签诗给你看。 [要去开抽屉。
田先生	吥！吥！我不要看。我不相信这些东西！你说这是女儿的终身大事，你不敢相信自己，难道那泥塑木雕的菩萨就可相信吗？

作品 原文：終身大事

田　女	(高兴起来) 我说爸爸是不信这些事的。(走近她父亲身边) 谢谢你。我们应该相信自己的主意，可不是吗？
田太太	不单是菩萨这样说。
田先生	哦! 还有谁呢？
田太太	我求了签诗，心里还不很放心，总还有点疑惑。所以我叫人去请城里顶有名的算命先生张瞎子来排八字。
田先生	哼! 哼! 你又忘记你答应我的话了。
田太太	我也知道。但是我为了女儿的大事，心里疑惑不定，没有主张，不得不去找他来决断决断。
田先生	谁叫你先去找菩萨惹起这点疑惑呢？ 你先就不该去问菩萨，— 你该先来问我。
田太太	罪过，罪过，阿弥陀佛 — 那算命的说的话同菩萨说的一个样儿。这不是一桩奇事吗？
田先生	算了罢! 算了罢! 不要再胡说乱道了。你有眼睛，自己不肯用，反去请教那没有眼睛的瞎子，这不是笑话吗？
田　女	爸爸，你这话也一点也不错。我早就知道你是帮助我们的。
田太太	(怒向她女儿) 亏你说得出，"帮助我们的"，谁是"你们"？"你们"是谁？ 你也不害羞! (用手巾蒙面哭了) 你们一齐通同起来反对我; 我女儿的终身大事，我做娘的管不得吗？
田先生	正因为这是女儿的终身大事，所以我们做父母的该格外小心，格外慎重。 什么泥菩萨哪，什么算命合婚哪，都是骗人的，都不可相信。亚梅你说是不是？
田　女	正是，正是。我早知道你决不会相信这些东西。
田先生	现在不许再讲那些迷信的话了。泥菩萨，瞎算命，一齐丢去! 我们要正正经经的讨论这件事，(对田太太) 不要哭了。(对

田女士）你也坐下。(田女士在沙发榻上坐下)

田先生　亚梅，我不愿意你同那姓陈的结婚。

田　女　(惊慌) 爸爸你是同我开玩笑，还是当真?

田先生　当真。这门亲事一定做不得的。我说这话，心里很难过，但是我不能不说。

田　女　你莫非看出他有什么不好的地方?

田先生　没有。我很喜欢他。拣女婿拣中了他，再好也没有了，因此我心里更不好过。

田　女　(摸不着头脑) 你又不相信菩萨和算命?

田先生　决不，决不。

田太太
　　　　(同时问) 那么究竟为了什么呢?
田　女

田先生　好孩子，你出洋长久了，竟把中国的风俗规矩全都忘了。你连祖宗定下的祠规都不记得了。

田　女　我同陈家结婚，犯了那一条祠规?

田先生　我拿给你看。(站起来从饭厅边进去)

田太太　我意想不出什么。阿弥陀佛，这样也好，只要他不肯许就是了。

田　女　(低头细想，忽然抬起头显出决心的神气) 我知道怎么办了。

田先生　(捧着一大部族谱进来) 你瞧，这是我们的族谱。(翻开书页，乱堆在桌上) 你瞧，我们田家两千五百年的祖宗，可有一个姓田的和姓陈的结亲?

田　女　为什么姓田的不能和姓陈的结婚呢?

田先生　因为中国的风俗不准同姓的结婚。

田　女　我们并不同姓。他家姓陈我家姓田。

田先生　我们是同姓的。　中国古时的人把陈字和田字读成一样的音。

我们的姓有时写作田字，有时写作陈字，其实是一样的。你小时候读过≪论语≫吗?

田　女　读过的，不大记得了。

田先生　≪论语≫上有个陈成子，旁的书上都写作田成子，便是这个道理。两千五百年前，姓陈的和姓田只是一家。后来年代久了，那写作田字的便认定姓田写作陈字的便认定姓陈。外面看起来好象是两姓，其实是一家。所以两姓祠堂里都不准通婚。

田　女　难道两千五百年前同姓的男女也不能通婚吗?

田先生　不能。

田　女　爸爸，你是明白道理的人，一定不认这种没有道理的祠规。

田先生　我不认它也无用。社会承认它。那班老先生们承认它。你叫我怎么样呢? 还不单是姓田的和姓陈的呢? 我们衙门里有一位高先生告诉我说，他们那边姓高的祖上本是元朝末年明朝初年陈友谅的子孙，后来改姓高。他们因为六百年前姓陈所以不同姓陈的结亲; 又因为两千五百年前姓陈的本又姓田，所以又不同姓田的结亲。

田　女　这更没有道理了!

田先生　管他有理无理，这是祠堂里的规矩，我们犯了祠规就要革出祠堂。前几十年有一家姓田的在南边做生意，就把女儿嫁给姓陈的。后来那女的死了，陈家祠堂里的族长不准她进祠堂。她家花了多少钱，捐到祠堂里做罚款，还把"田"字当中那一直拉长了，上下都出了头，改成了"申"字，才许她进祠堂。

田　女　那是很容易的事。我情愿把我的姓当中一直也拉长了改作"申"字。

田先生　说得好容易! 你情愿，我不情愿咧! 我不肯为了你的事连累我受那班老先生们的笑骂。

田　女　(气得哭了) 但是我们并不同姓!

田先生　我们族谱上说是同姓，那班老先生们也都说是同姓。我已经问过许多老先生了，他们都是这样说，你要知道，我们做爹娘的，办儿女的终身大事，虽然不该听泥菩萨瞎算命的话，但是那班老先生的话是不能不听的。

田　女　(作哀告的样子) 爸爸! —

田先生　你听我说完了。还有一层难处。要是你这位姓陈的朋友是没有钱的，倒也罢了，不幸他又是很有钱的人家。我要把你嫁了他，那班老先生们必定说我贪图他家有钱，所以连祖宗都不顾，就把女儿卖给他了。

田　女　(绝望了) 爸爸! 你一生要打破迷信的风俗，到底还打不破迷信的祠规! 这是我做梦也想不到的!

田先生　你恼我吗? 这也难怪。你心里自然总有点不快活。你这种气头上的话，我决不怪你，— 决不怪你。

李　妈　(从左边门出来) 午饭摆好了。

田先生　来，来，来。我们吃了饭再谈罢。我肚里饿得很了。(先走进饭厅去)

田太太　(走近她女儿) 不要哭了。你要自己明白，我们都是想你好。忍住。我们吃饭去。

田　女　我不要吃饭。

田太太　不要这样固执。我先去，你定一定心就来。我们等你咧。(也进饭厅去了。李妈把门随手关上，自己站着不动。)

田　女　(抬起头来，看见李妈) 陈先生还在汽车里等着吗?

李　妈　是的。这是他给你的信，用铅笔写的。(摸出一张纸，递与田女)

田　女　(读信) "此事只关系我们两人与别人无关你该自己决断" (重

念末句)"你该自己决断!"是的，我该自己决断! (对李妈说)
你进去告诉我爸爸和妈，叫他们先吃饭不用等我。我要停一
会再吃。(李妈点头自进去。田女士站起来，穿上大衣，在写
字台上匆匆写了一张字条，压在桌上花瓶底下。她回头一望，
匆匆从右边门出去了。略停了一会。)

田太太　(戏台里的声音) 亚梅你快来吃饭，菜要冰冷了，(门里出来)
你那里去了? 亚梅!

田先生　(戏台里) 随她罢? 她生了气了，让她平平气就会好了。(门
里出来) 她出去了?

田太太　她穿了大衣出去了。怕是回学堂里去了。

田先生　(看见花瓶底下的字条。) 这是什么?
(取字条念道)"这是孩儿的终身大事　孩儿该自己决断　孩儿
现在坐了陈先生的汽车去了　暂时告辞了"(田太太听了，身
子往后一仰，坐倒在靠椅上。田先生冲向右边的门，到了门
边，又回头一望，眼睁睁的显出迟疑不决的神气。幕下来)

(完)

　(跋) 这出戏本是因为几个女学生要排演，我才把它译成中文的。
后来因为这戏里的田女士跟人跑了，这几位女学生竟没有人敢扮演
田女士，况且女学堂似乎不便演这种不道德的戏! 所以这稿子又回
来了。我想这一层很是我这出戏的大缺点。我们常说要提倡写实主
义。如今我这出戏竟没有人敢演，可见得一定不是写实的了。这种
不合写实主义的戏，本来没有什么价值，只好送给我的朋友高一涵
去填《新青年》的空白罢。

(适)

爱国贼

陈大悲

【人物】

贼

张景轩

三太太

根生 — 三姨太太之本夫

阿翠 — 丫环

周贵 — 仆

张福 — 仆

舞台后方设着一张铺陈华丽的洋式床。床之左端，相离三尺许，设一洋式衣柜(柜门上没有穿衣镜)。靠右壁的洋式梳桌上乱堆着许多妇女妆饰用品 — 如镜子，大小香水瓶，梳刷匣，修指匣之类 — 以及洋酒，吕宋烟匣，香烟罐等。床与之间挂着一个深色(不惹目光)的帘子。左壁是房门。近门处沿"幕线"设一写字桌及椅子数把。书桌上点着一盏灯，一架电话机，并放着许多很值钱的东西。但都是乱堆着，没有一点整齐的意思。

幕起后，贼蹑足进门，向四周一看，便到书桌边想开抽屉偷一点东西。房门外忽有人声。贼急忙躲进床边帘中去。

小胡子的张老爷与他那位艳装丽服的三太太先后进门。从他俩的脸上可以看出他俩各有各的心事。走到书桌边，拿起一支吕宋烟来，取火吸烟，斜签坐下，斜睨着那位太太对镜整理鬓发，长叹一声。

三太太(以后简称"三")侧过头，斜过眼光来一看。

张老爷(以后简称"张")眼光向着烟喷成的一个小圆圈儿呆看着，假作不知。

三　　(把手里拿着的梳子向桌上一碰) 哼!

张　　(眯拢小眼珠儿，微微一笑) 哈!

三　　(猛转过身，露出奋斗的精神来) 你呀! (不说了)

张　　我? 我怎么样?

三　　刚吃过饭。叹什么穷气?

张　　咦? 这就怪啦! 我叹我底气，与你什么相干?

三　　(忍不住要笑出来，掉转头去照镜) 好! 好! 你和我没有什么相干! 好! "要知心腹事，但听口中言。"

张　　(想了半晌发问) 我说，你那个厨子 …… ?

三　　(急转过头来，瞪住眼睛) 什么? 我那个厨子?

张　　你听我说，三太太。这个厨子简直太难啦! 一个八宝鸭子都做不象! 往后教我怎么可以请客?

三　　死了屠户，也不能教人吃带毛的猪。(很迟缓的声调) 这个厨子不好，换一个也就得啦! (取喷香水瓶向衣上乱喷。)

张　　哼! 早就该换啦。你为什么不换!

三　　这我管得着吗? (放下香水瓶。)

张　　家里的事, 你不管谁管?

三　　(只做没听见, 取一个手镜, 旋转身来仔细查考脑后的鬏发状况。然后放下镜子, 走过几步来。) 我不会管家。你就另请高明罢!

张　　(深深吸足了一口烟) 一谈到家里的事, 动不动就发脾气。三太太, 你又何苦要糟蹋你自己的身体呢?

　　　[两人对看了一回, 各自觉得并没有什么可表示的。三太太气略平, 走到书桌边要开抽屉, 明知抽屉已上了锁, 故意推了几推。

三　　给我开!

张　　要什么?

三　　要支票簿。

张　　怎么啦? 昨天带出去七百块钱, 一天就花完啦?

三　　没有就不要! (旋转身, 立定不动。哑场片刻)

张　　好, 好, 我给你。(从怀里掏出钥匙来, 开抽屉, 取出支票簿来, 揭开放在桌上, 握笔在手) 要多少?

三　　五百。(微笑)

张　　(抬起头来, 向她一笑) 你底脾气发完了没有?

三　　(笑) 唔?

张　　(突然搁笔) 喔, 不错, 我身边有钞票。不用写啦。

　　　[丫环阿翠进门, 到梳桌边取那香槟酒瓶。

张　　(递钞票给三太太。右手抚她底肩, 突见阿翠) 阿翠! 拿酒去干吗?

翠　　老爷不是要汽车吗? 阿三把汽车开到门口, 碰到了一个拉洋车

作品 原文: 爱国贼

	的，给晕过去啦，文房里问我要一点白兰地酒，好去灌那个车夫。
张	我花了钱买的酒。要他们做人情! 洋车夫配喝这酒吗?
翠	是咱们的汽车撞伤的。
张	混帐! 警察不管事吗?
翠	警察说，要用酒来救醒他。
张	岂有此理! 我宁可花三十块给他买棺材! 谁愿意请他喝酒? 这是外国人送给我的，二百多年的陈酒! 你知道，这瓶酒什么价钱? 〔帘内躲着的贼突然探头出来，怒不可遏的样子。三太太略转身，贼又缩了进去。阿翠忍气吞声地把酒瓶归了原位。
张	滚出去! 真是狗拿耗子，多管闲事! 这些小事情，有巡警会管。你给门房里那班混帐东西去说，不许他们多管闲事! 惹出是非来，我先办他们! 〔阿翠应声出门去。
三	(刚数完钞票) 这儿只有四百块呀。 〔电话机上的铃响。
张	(接电话) 喂! 是啦。请你们老爷说话罢。喂! 是督办吗? 我是景轩。事情早就办妥啦。是，是，是。不错。外国人已经会过啦。 他先说第九条要修改。 后来，我给他解释了一下，他也就没话说啦。是，是，是，我知道。(竭力作笑容) 我已经打电话到报馆去通知飘云啦。咱们用先发制人的手段，先来一下子，决不怕他们再捣什么乱。等到字签过了之后，外国人决不肯放松啦。吓? 吓? 是，是，约定明天上午九点钟到公馆里来双方同时签字。合同全都预备好啦，只等您签了字就得。哈哈，那儿的话? 那不敢当!
三	什么事?

중국 현대 단막극선

张　　(推开她) 近来闹时症闹得很厉害。(非常恳切的样子) 您还得保重，静养，才是! 是，是，是。(挂耳机)

三　　还要一百。怎么样?

张　　(仰首，乐不可支，没有听见三太太底话。) 吓? 吓?

三　　(在他头上拍了一下) 别疯啦! 问你话!

张　　(恍然) 什么事?

三　　还差一百，怎么样?

张　　一百! 一百! 你只知道一百，二百的事!

三　　差我的一百块给我!

张　　别忙! 明天就有一笔大进项啦! 你还只是一百，二百的，闹不清楚!

三　　那儿来的?

张　　(望望她，非常得意) 吓? 那儿来? 你们懂得什么? 明天 — 后天 — 反正这两三天里头就可以把上回到北戴河去看的那块地买过来。明年春天盖好了大洋房，到那里避暑去，你瞧，多么舒服?

三　　别开心喽! 咱们大门口的墙上让人家画了许多王八，鬼脸，写了许多"卖国贼"喽!

张　　(勃然大怒) 是谁告诉你的?

三　　(低头) 你不用问。反正总有人瞧见的。

张　　(怒不可遏，站起来) 是谁告诉你，就是谁写的! 我非把他杀了不可!

三　　别冤枉人! 这都是过路的那些小学生们写的。

张　　(一手猛击桌面) 现在这一班学生，愈闹愈不成样子啦! 什么男女同学! 什么自由恋爱! 明明都是过激派! 破坏党! 非把

作品 原文: 爱国贼

他们一个一个 — （以手做杀势）

三　　（按住他底嘴）你开口杀人，闭口杀人。这一辈子杀过多少人？得啦罢！别生气啦！（用两手把他的脑袋旋转作要）再生气，我就要骂啦！（向他瞪目佯怒）

张　　好，好。（伸手欲抱）
　　　　[张福突然进门。

三　　张福！什么事？

张　福　外面有客！

张　　是谁？

张　福　就是前天来的，说是给老爷同乡同学的 ……

张　　混蛋！你不会说"挡驾"吗？

张　福　他说有要紧事！

张　　什么要紧事？还不是求差使？借盘费？给他说，我已经出门啦！

张　福　着！

张　　下次有这些不相干的人要见，都给他一个"挡驾"就得。（张福应声欲下）回来！你当差愈当愈回去啦？唔？（瞪目示威）下次你们谁也不准走进太太底房里来！听见了没有？
　　　　[张福下。

三　　你自己把公事桌子搬进房里来啦，怎么怪得他们？

张　　他们不能叫阿翠进来回话吗？听差跑到太太房里来，还成什么体统？

三　　喂！外面那个是什么客？

张　　还不是来打把势，求差使的？

三　　你和他同过学吗？

张　　谁知道呢？和我同学的多得很！我要是没有阔，有谁来认我同学? 同靴子的也不会来睬我!

三 什么话? 好意思! (以一指抵其额) 我说, 他怎么会找到这儿来, 怎么没到老公馆里找你去?

张 哼! 老公馆! 那一边的人还有什么好心眼儿? 还不是他们存心捣鬼, 故意把这些不相干的人打发到这儿来的?

三 (娇笑) 别骂啰! 心里疼不疼! 你们那位胖子太太不是跟你在一块儿住过十几年的吗?

张 (不愿听) 别提啦! 你知道这样勉强的夫妻, 天下很多的!

三 那么你那三位少爷是谁的儿子呢?

张 (皱眉) 愈说愈远啦! 你今天要到那儿去? (重新点火燃烟)

三 我们呀, 今天是听戏的日子。 听完戏也许到梁九那里打牌去, 你呢?

张 我今日晚上还得办许多的公事呢。

三 不到俱乐部去吗?

张 谁有功夫去?

三 别在我跟前装假正经啦! 曹三告诉我, 说是他们老爷说的, 你早晚还得弄人呢。

张 别信他们胡说。 (坐椅臂上, 吸烟)

三 哼! 谁知道谁的心? 唉! 做人真似一场梦! 我们当女人的, 还不是听天由命罢啰! 好的时候呢, "太太", "奶奶", 怪热闹的。 到老爷不喜欢了的时候 …… 唉! 我昨天看见周家的老六, 真可怜! 好呢, 是她自己不好, 但是她老爷既和她做过二十多年的夫妻, 就不该不收她回去呀! 四十多岁的老太婆, 有谁要? 唉! (走到梳桌边开小抽屉, 取出手帕擦泪)

张 不是说要出家当尼姑去吗?

三　(哭声) 当尼姑也得有钱才行呀! 没有钱, 谁收留你?

张　(走到三太太身边, 替她擦泪) 你哭了我心疼不疼呢?

三　我们不爱你这一套! (推开) 你要弄人, 你只管弄去! 我管不着! 你们结发夫妻, 替你生过三个儿子的花烛太太, 你还有好意思不睬她! 你们这些男子的心肠吓! 哼! 比什么都厉害! (一转急) 反正我还不怕! 你要轰我出去, 请你趁早干! 我至少还能唱五年的戏! (回头向镜子做身段)

张　别这么"三句不离本行"啦。 (蹲下身子来, 抬头向三太太看) 咱们讲个笑话罢。

三　(转身摇头) 我给你说过几百次啦, 我不爱这一套! (唱)"在月下, 急碎了 — "

张　别让丫头们听见了笑话。

三　(正色) 怕什么? 什么笑话不笑话? 老实说, 跑码头, 吃开口饭, 仗的是自己的本领, 比当这种今天不知明天事的小老婆要高上万万倍! 啐! 你要弄人你去弄去! 我们反正都是路柳墙花的料子! 我呀, 差不多也就要少陪您啦! (又转身向镜子取纸烟, 燃吸)

张　那一个王八旦才去弄什么人呢!

三　(掉头含笑) 你敢起誓?

张　我若是 ……

三　不行! 跪在当天! 你跪下去赌了咒, 我才信你。(徐徐喷出一口烟) [张慢慢地屈下一膝, 阿翠突然进门。

翠　(忍不住要笑) 阿三问, "老爷要什么时候出门?"

张　就走。(阿翠欲下) 阿翠! 问你话! 那个拉洋车的后来死了没有?

翠　没有死, 醒啦。巡捕带走啦。

张　行啦。你走罢。(阿翠转身欲行) 喂! 谁给你头上带的这些花?

[阿翠一笑下。

三　　　我把她送给你收房当四太太，好不好？你这么关心她！

张　　　别胡说啦！阿翠！

[阿翠又上。

张　　　穿马褂！(阿翠走向柜边去取) 不对，我刚才好象脱在客厅上。

[阿翠下。

三　　　今天饶了你。明天回来还是要当天起誓给我听。

张　　　得啦！你再别信那些闲言闲语啦。

三　　　怎么？你又想躲赖，不起誓吗？

[阿翠上，给张披上马褂。

张　　　走啦。(出门，高声唤) 你出来，我还有话说。

[三太太与阿翠同下。

[贼徐徐出帘，伸展腰腿，到梳桌边，开抽屉取出手枪一支，细看一遍，纳入怀中。又取出珠花等，亦纳入怀中。走到书桌边。

贼　　　(开抽屉，取出稿纸一堆) 呀！这就是卖国的凭据吗？(卷起，纳怀中。门外有人声。贼复入帘去。)

[三太太上。阿翠亦上。

三　　　外面那一个是什么人？

翠　　　(欲言不语状) 他说他是 ……

三　　　你说！

翠　　　他说他叫做什么根生。(三太太变色) 他说您是他的 ……

三　　　他瞧见了我吗？

翠　　　怎样没有瞧见？

三　　　(低头沉思，意渐决) 好！你就去叫他进来罢！

作品 原文：爱国贼

翠　　门房里有这么些人，怕碍眼吧？

三　　这有什么要紧？他是我底丈夫，我有什么法儿办呢？门房里有人问，你就说，"是舅老爷！"

　　　　[阿翠下，三太太开抽屉，遍寻手枪不得，很着急。阿翠带一个穿破旧黑袍，胸襟不扣的根生上。阿翠下。

根　　(戟指大骂) 你这贼人！你敢背了我逃走！走！走！咱们打官司去！

三　　(颤声) 打官司就打官司，怕什么？

根　　我知道你不怕！你有势力！你是阔人底太太！对不对？

三　　阔人？不相干！你有理吓！

根　　哼！我早就知道，那个贼头贼胸的小毛贼不是好东西！什么报馆里的评剧家？还不是一个拆白党！如今他当了官啦？我也不能怕他！

三　　根生，你错啦。我如今嫁的这一个，不是先前你在上海见过的那个开花报馆的那个姓潘的啦。姓潘的！不错！如今也做了很阔的官儿啦。如今这一个是姓张。你别弄错了人。

根　　我不问这些。反正谁霸占了老子的妻子，老子就找他说话。(从怀里掏出一把小刀子来，向书桌上一插) 老子就这一条命！看是谁拼得过谁？

三　　根生！(哭声) 你听我说！我如今很懊悔当初不该背了你逃走！我这两年里头，吃的苦真有海底那般深啦！那个姓潘的把我拐骗到哈尔滨，我带出来的一点首饰吃尽当光啦，他就打算卖我进窑子里去。好容易让我看破了，苦苦哀求，没有卖成功 — (呜咽不成声) — 我 — 我 — 我就在哈尔滨改名"金刚钻"唱戏，一直唱到北京来！后来幸亏这个姓张的救了我出来！

根	谁救了你?
三	就是如今这个姓张的。
根	(气渐平) 他怎么会救了你?
三	姓潘的爱耍钱，跟这个姓张的就是赌场上的朋友。那一天晚上因为我没有戏，他带我到平安电影院瞧电影，这个姓张的就求他把我让给他。姓潘的就把我当做人情送给这个姓张的。第二天姓潘的就得到一个很阔的差使，居然也是北京城里一位坐汽车的阔人啦!
根	那个姓潘的现在住在那里? 我找他去。(拔刀欲走)
三	你找他也没用。反正我已经不是他的人啦。根生，你老实说，你还是要我这个人，还是要发财?
根	(踌躇半晌) 人也要。钱也要。(坐在书桌前椅上)
三	(走到椅旁，用手理他底发) 我替你打算盘，还是拿钱去的好。
根	你给我多少钱?
三	你要多少?
根	我要 — 两千块钱。不算多吧?
三	那容易办。你有了钱，就不要我了吗?
根	(踌躇) 你 …… 你想，我怎么舍得你? (两人都很凄惨) 但是 ……
三	但是没有钱不能过日子呀。对不对?
根	对。
三	咱们还是依先前的老话，一同去死了罢!
根	你现在是死不得的了。
三	何以见得我现在就不能陪你死呢?
根	你是当朝一品大员的太太，怎么能陪我一个打小锣的去死?

三　　　别说笑话啦。我明天先给你一千。今天是礼拜三。下礼拜我
　　　　再给你一千。怎么样？可是，你得还我的庚帖，还得写一张
　　　　绝据给我。
　　　　[阿翠上。

根　　　不行！我今天就要钱！

翠　　　三太太，老爷回来啦！

三　　　那你怎么办呢？随你！你要我跟你走，你今天就露面见见他！
　　　　你要钱，赶快想法子逃走！

翠　　　阿呀！太太，来不及啦！老爷就要进来啦！(张老爷在外面骂
　　　　人声) 这回儿要走也来不及啦！

根　　　(惊惶) 有地方躲吗？

翠　　　躲到床底下去罢！

三　　　不行。(指衣柜) 躲到这里面去！
　　　　[根生进衣柜。阿翠下。三太太把柜门锁好后，至梳桌旁边装
　　　　作整理抽屉的模样，把抽屉里的零碎物件搬了出来，又一件
　　　　一件搬进去。阿翠又上。

三　　　(掉头) 人呢？

翠　　　老爷回来了又出去啦。

三　　　开他出来。
　　　　[阿翠开柜门后，把钥匙留在柜门上。根生跳下，踩着阿翠底脚。

翠　　　啊 — 唷 — 唷 — 唷！

根　　　闷死人啦！这个法儿不行。万一他回来了，搜了我出来，我
　　　　还有什么理可讲？

三　　　你自己愿意要钱不要人吓！

根　　　唉！

三　　你赶快出去看好啦!(向阿翠)

　　　　[阿翠应声匆忙下。他俩同至书桌边,一声儿不言语。贼伸手
　　　　出来锁柜门,取下钥匙。

根　　我不知道怎么样,刚进门来的时候胆子很大,现在心里直跳!
　　　　你赶快给我钱,让我走罢。

三　　刚才你心里只有一个理,自然胆子大。如今心里只有大洋钱,
　　　　自然胆子要小啦!你今天要多少?

根　　随你先给我多少。没有现钱,首饰也好。

三　　先拿三百去。怎么样?

　　　　[阿翠跑上。

根　　赶快给我!

翠　　不好啦!老爷又回来啦!

　　　　[三太太推根生再进柜去。开不得柜门,非常惶恐。根生进
　　　　帘,张老爷上,极兴奋状。阿翠下。

张　　怎么啦?你还没有出去吓?(高声)阿翠!你在外面看着,谁
　　　　也不准走进房门口来!

三　　我头疼。心里很不舒服。(皱眉作态)

张　　今天晚上就得签字!你们赶快出去!让我一个人在房里办公事!

三　　我头疼今天不出去啦!(懒懒地坐在床沿上)

张　　好三太太!明天咱们要发大财啦!你喜欢不喜欢?

三　　阿唷!别发财啦!我脑袋疼得要死!

张　　你到外面那个床上去躺一会。我要在这里办很秘密,顶紧急
　　　　的公事!(扶三太太离床,三太太不肯)你要多少钱?我给
　　　　你!刚才赢了四千块钱。给你两千,好不好?(点交钞票)

　　　　[张老爷走到书桌边坐下,开抽屉寻合同稿。贼从帘中向三太

太伸出手来。张太太误认为根生手，把钞票递过去。

张　　　啊呀！我底合同稿子到那儿去啦？（掉头见递钞票事。惊立起）吓？你们干的好事！（一个箭步走到梳桌边，开抽屉找手枪不见）手枪呢？来人吓！

[贼已换穿根生之长衣，持手枪出帘。两人失色。

张　　　你 ……

贼　　　再开口，就要你底命！你赢了四千块钱？还有两千在那里？交出来，就饶你一条狗命！

张　　　你是谁？

贼　　　我不是谁！我是贼！你是一位卖国的老爷 — 不对 — 你是大人 — 对不对？

张　　　我不是卖国贼！

贼　　　你再敢说"贼"！我知道，你卖过国，可没有当过贼！你们这一班卖国的王八旦也配称"贼"吗？ 你们只配称"老爷"！ 称"大人"！你们卖了国，还配称"贼"？我们当贼的，不能卖国！国卖给外国人了， 我们到那儿偷去？ 当贼的从来没有卖过国！卖国的就是你们这班老爷！大人！你们老爷大人卖了国，还要坏我们贼的名誉！从此以后，你还敢卖了国再冒充贼吗？

张　　　我不敢啦！

贼　　　闲话少说！把赢来的钱借给我！（伸左手，张递过钞票）慢着！你这钱当真是赌博赢来的不是？ 若是卖的钱，我还是不要你的！ 老实给你说，我们当贼的没有不爱国的。 甘心卖国的就是你们这班大人老爷！ 劳你驾，给我带个信给你们那班狐群狗党的大人老爷！ 往后不许他们冒我们贼底名！ 听见了没有？（走到房门口）还有一句话。你那张卖国的合同已然在我身边! 你也可以不用找啦! 哈哈哈哈! 再会罢!

[贼下。

张　　啊呀! 我底合同偷去啦! 张福! 周贵! 你们这班王八旦, 赶快给我抓贼!

[张福周贵持棍棒上。

周　贵　舅老爷说啦! 贼在床底下! (进帘拖根生出。根生已穿短衣, 其长衣已被贼剥去。张老爷与三太太大惊。)

张　　你是谁?

根　　我是(指三太太) 她底丈夫!

张　　(抓根生衣襟) 你是什么东西? (根生一翻掌, 张跌倒在地) 你敢打我! 造反啦? 你们还不给我打?

根　　你们听我说! (被张福周贵按住) 我是她底丈夫! 她是我底女人! 你们当了官儿, 还要拐逃有夫之妇, 还有什么理说?

三　　你们撒手! 他是我底丈夫!

[阿翠上。

翠　　阿咦? 舅老爷, 你刚才不是已经走了出去了吗?

周贵张福　(细看根生脸) 不错吓! 你刚才不是早走了吗?

张　　嘻! 你们究竟是怎么一回事啊?

(幕落)

压迫

丁西林

纪念刘叔和

叔和:

这篇短剧是供献给你的。这剧里主人的一种可爱的特性, 是否受了你的暗示, 我不敢说, 但是这剧的情节, 是由你发生的。去年的冬天 — 大约你还记得罢 — 你想离开我们自己找房另住, 有一天晚上, 我们坐在火炉的旁边烤火, 讲起这件事来, 我们和你开顽笑, 说你如果不结婚, 你一定找不到房子。因为北京租房, 要满足两个条件 : 一是有铺保, 一是有家眷。那时我觉得这个题目很有趣味, 对你说, 我要替你写一个短剧。这事已隔了一年多了。在这一年之内, 多少次我想把这剧本写出, 都没有成功。现在这篇剧本都算勉强脱稿, 但是你已经死了! 以前我写的那几篇试验的作品, 都曾经先由你看过, 然后发表。这一篇特别为你写的东西, 反而得不着你的批评, 这是很令人感伤的一件事。

这篇短剧不过是一种幻想。没有"问题", 也没有"教训"。然而因为你的死, 它倒有了特别的意义。你是怎样死的, 你知道么? 你的病，是瘟热病。你的死，是苍蝇咬死的。苍蝇不会咬人，但是你住在医院的时候，你的朋友每次去看你，都要在你的床上，你的身上，你的牛奶杯上替你打死好多的苍蝇。你处在那种无人看护的情境，说你是苍蝇咬死的，总不算太不理智吧。因此我想到，你真的找房的时候，如果能和这剧里的主人一样，遇到那样的一个富有同情的人，和你"联合起来"，去抵抗 —— 不但"有产阶级的压迫" ——社会上一切的压迫与欺负，我相信，你是一定不会死的。

你是一个很有humor的人，一定不会怪我写一篇喜剧来纪念一个已死的朋友。我的生性是不悲观的。然而你可以相信，我写完了这篇剧本，思念到你，我感觉到的只是无限的悽凉与悲哀。

西林　十四，十二，七

【剧中人物】

男客人

女客人

房东太太

老妈子

巡警

【布景】

一间中国旧式的房子。后面一门通院子，左右壁各一门通耳房。房的中间偏右方，一张方桌，四围几张小椅。桌上铺了白布，中间放着一架煤油灯及茶具。偏左方，一张茶几，两张椅子，靠壁放着。一张椅子背上担着一件雨衣，旁边放着一个手提的皮包。后面的左边靠墙放着一张类似洗脸架带有

作品 原文: 压迫

镜子的小桌，上面放着一个时钟及花瓶。屋内尚有其他的陈设，壁上还有一些字画，但都很简单而俭朴。

开幕时，一个着粗呢洋服，长筒皮靴的男人坐在茶几旁边的一张椅上抽烟斗，一个老妈子立在门外，将手伸到屋檐的外边去试验有无雨点。

老　妈　(走进屋来) 雨倒不下了，怎么还不回来？(从桌上拿了茶壶，走到茶几边代客人倒茶)

男　客　(不耐烦，站起) 唉，你先弄一点东西来吃，好不好？

老　妈　东西倒有在那里，不过这也得等太太回来。

男　客　吃东西也得等太太回来？

老　妈　(叹了一口气) 是的，吃东西得等太太回来，房子的事情，也得等太太回来。

男　客　好吧，等太太回来吧。横竖是那么一回事，太太回来也是那样，太太不回来也是那样。(复坐下)

老　妈　(摇头) 看那样子，太太不象肯答应把这房子租给你。

男　客　不把这房子租给我？谁教她受我的定钱？

老　妈　是的，那只怪小姐不好。其实 — 唉 — 太太的脾气也太古怪了。象你先生这样的人，有什么要紧？深更半夜，屋里有一个男人，还可以有个照应。

男　客　这房子以前有人租过没有？

老　妈　这房子已经空了有一年多了，也没有租出去。

男　客　这房子并不坏，为什么没有人来要？

老　妈　没有人要？谁看了都说这房子好，都愿意租。这房子又干净，又显亮，前面还有那样的一个花园。

男　客　这样说为什么一年多没有租出去呢?

老　妈　你先生也不是外人, 告诉你也没有什么要紧, 你知道, 我们的
　　　　太太爱的就是打牌, 一天到晚在外边。家里就只有我和小姐
　　　　两个人。有人来看房, 都是小姐去招呼。有家眷的人, 一提到
　　　　太太, 小孩, 小姐就把他回了。没有家眷的人, 小姐才答应,
　　　　等到太太回来, 一打听, 说是没有家眷, 太太就把他回了。这
　　　　样不要说是一年, 就是十年, 我看这房子也租不出去。

男　客　怎么, 象这一回的事, 以前已经有过么?

老　妈　也不知有过多少次。每回租房, 小姐都要和太太吵一次。不
　　　　过平常小姐不敢作主, 这一次她作主受了你先生的定钱, 所
　　　　以才生出这样的事来。

男　客　她如果早作主, 这房子老早就租了出去。

老　妈　是的, 不过平常租房的人, 听说房子不能租给他们, 他们也
　　　　就没有话说, 不象你先生这样的 ……

男　客　古怪, 是不是? 是的, 你们太太的脾气太古怪了, 我的脾气
　　　　也太古怪了, 这一回两个古怪碰在一块儿, 所以这事就不好
　　　　办了。不过我也觉得这房子不坏, 尤其是前面的那个小花园。

老　妈　看你先生的样子, 一定也是爱清静的。这里一天到晚听不到
　　　　一点嘈杂的声音, 离你先生办事的地方又近, 所以 …… 我
　　　　曾在那里替你先生想 ……

男　客　你替我想怎么?

老　妈　…… 就说你先生是有家眷的, 家眷要过几天才来, 这样一
　　　　说, 太太一定可以答应把这房子租给你。

男　客　好了, 如果过几天没有家眷来, 怎样?

老　妈　住了些时, 太太看了你先生什么都好, 她也就不管了。

作品 原文: 压迫

男　客　　不行不行，一个人没有结婚，并没有犯罪，为什么连房子都租不得？

老　妈　　喔，我不过觉得你先生这样的爱这房子，如果租不成功，心里一定不舒服，所以那么瞎想罢了，我原是不懂事的。一啊，这大概是太太回来了。(走到门口，高声) 是太太么？(答应外边) 是的，在这儿。(走出，客人也站了起来少停，房东太太由后门走进，老妈跟在她的后面)

房　东　　对不住，劳你等了。

男　客　　我对你不住，打搅了你。我教你们的老妈子不要去惊动你，她没有听我的话。

房　东　　那没有什么。(从一个皮夹子里拿出一张票子) 啊，这是你先生留下的定钱，请你收起来。

男　客　　啊，对不住，我今天是到这边来住宿的，不是来讨定钱的。

房　东　　怎么？昨天我不是对你说明白了么，说这房子不能租给你？

男　客　　啊，是的，你说的很明白。

房　东　　那么今天你还教人把行李送到这儿来是什么意思？

男　客　　(高兴得很) 因为教我不要来是你说的，不是我说的，我并没有答应你说不来，我答应了没有？

房　东　　(渐渐的感到不快) 你这话我真不大明白，你的意思，好象是说这房子的租不租要由你答应，是不是？

男　客　　喔，不是，这房子的租不租，自然是要由你答应。不过，既把房子租了给我，这房子的退不退，就得由我答应。你知道，现在这房子不是租不租的问题，是退不退的问题。

房　东　　(渐渐生起气来) 我这房子是几时租给你的？

男　客　　你既受了我的定钱，这房子就算租了给我。

房 东	真是碰到鬼! 我几时受你的定钱? 那是我的女儿, 她不懂事。
男 客	不懂事? 她又不是一个小孩子。
房 东	喔, 现在这些废话都不必讲, 我这房子并不是不租, 我是要租一个有家眷的人, 如果你先生有家眷来同住, 我这房子租你, 我没有话说。
男 客	你这话说的毫无道理。 你租房的时候, 说明了要家眷没有? 我骗了你没有?
房 东	(改用和平的方法) 租房的时候没有说, 可是我昨天已经对你先生说过, 我们家里没有一个男人 ……
男 客	(停止她) 唉, 唉, 我问你, 你租房的时候, 你家里有男人没有? 为什么现在才想到?
房 东	你这人一点道理不讲, 我没有这许多工夫来和你争论。
老 妈	(想做和事老) 喔, 太太, 今天时候也不早了, 天又下雨, 现在要这位先生另外找房子, 也不大方便, 可不可以让这位先生暂时在这儿住一宵, 明天再想旁的法子。
男 客	(固执) 不行! 这话不是这样讲, 如果我不租这房子, 我即刻就走, 既是受了我的定钱, 这房子就非租给我不可!
房 东	那么我告诉你, 你今晚非走不可!
男 客	(冷笑了一声) 哼! (坐了下来)
房 东	(站到他的面前) 你走不走?
男 客	不走!
房 东	王妈, 去把巡警叫来。
老 妈	喔, 太太!
房 东	你去叫巡警来。
男 客	巡警来了又怎样? 巡警也得讲理呀。

老　妈　太太，我想 ……

房　东　我叫你去叫巡警去，你听见了没有？— 你去不去？

老　妈　好吧。(由后门走出)

房　东　要他即刻就来! (由后门走出，用力将门一关。)

男　客　(没有了办法。袋里摸出烟包和烟斗，包里的烟又完了，从皮
　　　　包里取出一个烟罐，开了一罐新烟，先把烟包装满了，然后
　　　　装了烟斗。正想抽烟的时候，忽然来了敲门的声音，厉声的)
　　　　进来! (仍然背了门立着)

女　客　(推开门，轻轻走进。身上着了一件雨衣，一手提了一只小皮
　　　　包，一手拿了一把雨伞。一进门就开了口，一开了口就有不
　　　　能停止的势子) 啊，对不起，请你原谅。(男客人急转过身
　　　　来，这时他才看见进来的是这样的一个人) 这是很无礼的，
　　　　我知道，但是我没有办法，你们的大门没有关，我一连敲了
　　　　好几下，都没有人答应，所以只好一直走进来。

男　客　(气还未平，但没有忘记把衔在嘴里的烟斗拿下来放在桌上)
　　　　你有什么事？

女　客　我? 我是到这边大成公司做事来的。今天刚从北京来，下午
　　　　三点的车子，直到六点钟才到，九十里路，走了两个半钟头，
　　　　你看! 现在我要找一个住宿的地方，在火车站上，我打听了
　　　　好几个地址，一连走了三四家，都没有找到一间合用的房子。
　　　　有人告诉我，说这边还有几间空房 ……

男　客　(遇到了对头) 啊，你是来租房的!

女　客　是的。不知道这边的房子租出去了没有？

男　客　(狠心的回答) 你的运气不好，这房子刚刚租出去。

女　客　啊，你说我运气不好，我的运气可真不好。碰到这样的天气，

这乡下的路又不好走，你看，我一身的衣服都打湿了。两只脚走得发酸。(叹了一口气) 唉，我可以借你们的凳子坐了歇一回么？

男　客　对不起，请坐。(气全没有了)

女　客　(放下皮包雨伞) 谢谢你。(坐在茶几里边的一张椅上，向四边观察房里的一切)

男　客　(引起了趣味，坐在方桌旁的一张小椅上) 刚才你说你是到大成公司来做事的，不知道在那边担任的什么事？— 啊，也许我不应该问。

女　客　不应该问？那有什么？这又不是不可以告诉人的事。前两个星期，他们在报上登了一个广告，要聘请一位书记。那个广告，什么报上都有，我想你一定看到的。

男　客　(点了一点头)

女　客　上星期五，他们又在报上登了一个启事，说"敝公司拟聘书记一席，现已聘定，所有亲友寄来荐书，恕不一一做复，特此声明。"这个启事，你看见了没有？

男　客　(又点了一点头)

女　客　那位聘定的书记就是我。你没有想到吧？— 你没有想到是一个女人吧？

男　客　这倒没有想到。

女　客　(得意得很) 不过现在怎样办呢？你替我想想，后天就要到公司里去接事，现在连住的地方还没有找到！从六点半钟一直走到现在，就没有停脚。不瞒你说，我连饭还没有吃呢。(起身整理了一回衣，走到镜子的前面照脸)

男　客　(好象很同情的样子) 饭还没有吃？那怎么行？这一层说不

作品 原文: 压迫

定我或者可以帮助你。(起身倒了一杯茶)

女　客　谢谢你，我不过是告诉你。我不是来骗饭吃的。

男　客　喔对不起! — 好，请先喝一杯茶吧。

女　客　谢谢。(复坐原处)

男　客　(袋里摸出纸烟盒) 你不抽烟吧?

女　客　我不抽烟，不过我并不反对旁人抽烟。(喝了一口茶)

男　客　谢谢你。(放回烟盒，收了烟斗，背转了身，燃火抽烟)

女　客　(摸到她的脚) 喔，天呀! 你看我的这双脚，还象是人的脚么
　　　　……

男　客　(急转过身来) 怎么样?

女　客　不仅是水，连泥都走进去了!

男　客　(殷勤起来) 那真糟。要不要换袜子? 如果要换袜子，我可以
　　　　走到外边去。

女　客　谢谢你，我不要换袜子。就是换袜子，也用不着把你赶到外边去。

男　客　不要紧，如果袜子没有带，我还可以借你一双。

女　客　谢谢你，你的好意我很感激，不过换它有什么用处? 反正是
　　　　要到水里走去的。

男　客　要到水里走去? — 干什么要到水里走去?

女　客　不到水里走去有什么办法? 这样漆黑的天，一到街上，你还
　　　　分得出那里是水哪里是路来么?

男　客　(如有所思)

女　客　(又喝了一口茶，叹了一口气，起身告辞) 啊，打搅了你，对
　　　　不住得很。(拿了皮包雨伞，预备走出)

男　客　(阻止她) 不用忙，再歇一回儿。 — 刚才你说，你是要租房
　　　　的，是不是?

女　客　(面向了他) 怎么! 我说了半天, 你还没有听懂么?

男　客　听是听懂了。 不过 …… 唉, 你看这三间房子怎么样?

女　客　怎么, 你不是说已经租出去了么? (放下皮包)

男　客　租是租出去了, 不过也许可以让给你。

女　客　(高兴起来) 可以让给我? 真的么? (放下雨伞)

男　客　自然是真的。 (又替她倒好了一杯茶)

女　客　(坐下, 接了茶) 谢谢。 不过为什么可以让给我? 是不是这房子如果我愿租, 你就可以不租给那个人?

男　客　(摇头)

女　客　不然, 你刚才说的是句谎话, 这房子就没有租出去?

男　客　不, 我说的是实话。 这房子是已经租出去了。 现在也不是不租给那个人。 我说可以让你, 是说已经租好了房子的那个人, 自己愿意让给你。

女　客　那我可不明白。 为什么那个人愿意把房子让给我? 他连见都没有见过我, 为什么要把房子让给我?

男　客　那你不用管。

女　客　这房子闹鬼不闹鬼?

男　客　怎么, 难道你怕鬼么?

女　客　喔, 我是不怕鬼的, 我说也许那个人怕鬼。

男　客　喔, 那个人也是不怕鬼的。 — 不管有鬼没有鬼, 让我们来看看房子, 好不好? (从桌上拿了灯引她看房。) 这是一间睡房。 (开了右壁的门, 让她走进) 芦草的顶篷, 洋灰地, 洋式床, 现成的铺盖。 窗子外面是一个小小的花园。 一清早就可以听到鸟的声音。 白天撩开窗帘, 满屋里都是太阳。 (女客人走出又把她引到右边的耳房) 这边也是一个睡房。 铺盖家具也都是现成。房间的大小，和那边一样。就是光线差一点。一个人住的时候，这里可以做睡房，那边可以做书房。(女客人走出) 中间可以吃饭会客。(放下灯) 这屋子又干净，又显亮，一天到晚，听不到一点嘈杂的声音。这里离你办事的地方又近。我看这房子是于你再合适没有了。

女 客 这三间房子租多少钱? (坐下)

男 客 喔，便宜得很。这样的三间房子，只租五块钱一月。

女 客 房子倒不错，房价也不贵。(想了一想) 这房子真的可以让给我吗?

男 客 自然是真的，为什么要骗你?

女 客 不过今晚就来住，总不行吧?

男 客 行，行。(好象忽然想起一件事来) 不过 — 你结了婚没有?

女 客 (跳了起来，挺了胸脯，竖起眉毛) 什么!!

男 客 (还要补一句) 你结了婚没有?

女 客 (怒了) 你这话问的太无道理!

男 客 太无道理?

女 客 简直是一种侮辱!

男 客 (高兴起来) "侮辱"，对了，一点都不错，我也是这样说。但是现在有房出租的人，似乎最重要的是先要知道你结婚没有。

女 客 我结婚没有，干你什么事?

男 客 是的，一点都不错，我结婚没有干她们什么事? 可是她们一定要问，你说奇怪不奇怪?

女 客 我完全不懂你的意思。

男 客 谁说你懂? 你自然不懂我的意思。不过你不要性急，让我告诉你，你就会懂。— 刚才你说，你是到这边大成公司来做事的，是不是？……

女　客　你这人的记忆力真坏，怎么刚说过了的话，即刻就忘了。

男　客　不要生气。我不过是告诉你，我也是到这边大成公司来做事的。

女　客　你也是到大成来做事的？

男　客　是的。你没有想到吧？

女　客　你在大成做什么事？

男　客　我在这边当工程师。

女　客　这样说，你并不是这里的房东？

男　客　谁说我是这里的房东？我说了我是这里的房东没有？你看我的样子，象一个房东么？

女　客　(抢着说) 啊我知道了！你是这里的房客！这三间房子是你租的，现在你觉得不合式，想把它退了。

男　客　想把它退了！谁说我想把它退了？

女　客　刚才你不是说这房子可以让给我的么？

男　客　是的，我是说可以让，没有说要退。

女　客　那我更加不明白了，你既不想退，为什么要让呢？

男　客　你真的不明白么？

女　客　真的不明白。(坐下)

男　客　因为 — 我看了你 …… 喔，不是，因为房东不肯租给我。

女　客　为什么房东不肯租给你？

男　客　啊，就是这婚姻的问题。现在我们讲到题目上来了。一星期以前，我到这里来看房子，碰到了房东小姐。一见了我，她就盘问我，问我有没有老太太，有没有小孩子，有没有兄弟姊妹，直等到我明明白白的告诉了她我是没有结过婚，她才满了意。连房价也没有多讲，她就答应了把房子租给我。

女　客　懂么？她一定知道了你是一个工程师，她想嫁给你!

男　客　真的么？这我倒没有想到。— 昨天下午，我到这里来的时候，她们老太太告诉我，说如果我没有家眷来同住，她这房子不能租给我。她明明知道我没有家眷，她把这话来要挟我，你说可恶不可恶？

女　客　为什么没有家眷来同住，这房子就不能租给你？

男　客　我不知道啊。她说她们家里没有男人。

女　客　笑话。

男　客　这简直是一种侮辱，是不是？

女　客　是的。— 后来怎么样？

男　客　后来我把她教训了一顿。

女　客　她明白了这个道理没有？

男　客　明白了这个道理？一个人一过了四十岁，他脑子里就已经装满了旧的道理，再也没有地方装新的道理，我告诉你。

女　客　现在怎么样？

男　客　现在？现在我不走!

女　客　她呢？

男　客　她？她去叫巡警。

女　客　叫巡警？叫巡警来干什么？

男　客　叫巡警来撵我!

女　客　真的么!

男　客　为什么要骗你？你如果不相信，等一会儿巡警就要来，你自己看好了。

女　客　这倒是怪有趣的事。不过巡警如果真的要撵你，你怎么样？

男　客　你没有来之前，我不知道怎样。现在我有了主意。

女　客　你预备怎样?

男　客　我把巡警痛打一顿，让他把我带到巡警局里去，教房东把房子租给你。这样一来，我们两个人就都有了住宿的地方。

女　客　那不行 (若有所思)。

男　客　那为什么不行。

女　客　你还是没有出那口气。— 唉，我倒有个主意。

男　客　你有什么主意?

女　客　(少顿) 让我来做你的太太，好不好?

男　客　什么!!

女　客　喔，你不用吓得那么样，我是不向你求婚。

男　客　喔，你误会了我的意思，— 我 — 我 — 因为我实在没有想到这个方法。

女　客　这是最妙的一个方法。她说你没有家眷同住，这房子就不能租给你。现在你说你有了家眷，看她还有什么话说?

男　客　她一定没有话说。不过 — 你愿意么?

女　客　我为什么不愿意? 这于我有什么损害? — 又不是真的做你的太太。

男　客　喔，谢谢你!

女　客　你不要把我意思弄错。我不是说做了你的太太，我就有什么损害，那完全是另外一个问题。

男　客　是的，那完全是另外一个问题。不过你帮我把租房的问题解决了，我总应该向你道谢。

女　客　嗤! 道谢，无产阶级的人，受了有产阶级的压迫，应当联合起来抵抗他们。(侧耳静听)

男　客　不错，不错。

作品 原文: 压迫

女　客　我听见有人说话。

男　客　那一定是巡警！(急促的) 唉，不过我已经说过我是没有家眷的，现在怎样对她们讲？

女　客　就说我们吵了嘴，你是逃出来的，不愿意给人知道……

男　客　(巡警已经走到门外，急忙的点了一点头，教她不要再讲话) 呀！
[男客人坐在方桌边，装作生气的样子。女客人坐在茶几旁边。后门由外推开，走进一个巡警。手里提了一个风灯，后面跟了老妈和房东太太。她们看见房里来了一个女人，非常的惊讶。房里来的这个女人，见她们来了，起了一回身，向她们行了一个很谦和的礼。巡警将风灯放在桌上，与那位生气的先生行了一个礼)

巡　警　您贵姓？

男　客　(不客气的) 我姓吴。

巡　警　(把头点了一点) 喔。— 府上是？

男　客　府上？我没有府上。

女　客　(起始做起受了委屈的太太来) 啊，你是拿定主意不要家了，是不是？

巡　警　(注意到插嘴的人，向男客人) 这位……贵姓是？

男　客　(答不出，看了女客人一眼，女客也正在代他为难，他只好起始做起依旧赌气的丈夫来) 我不知道。你问她自己好了。

巡　警　(真的问她自己) 您贵姓？

女　客　(很高兴的) 我？我 — 也姓吴。

巡　警　喔，您也姓吴。

女　客　是的。

巡　警　(再也想不出别的话) 府上是？

女　客　我？我住在北京西四牌楼太平胡同关帝庙对面，门牌三百七十五号，电话西局四千六百九十二。— 啊，你把它写下来吧，等一会儿你一定要忘记。

巡　警　(真的摸出一本小簿子来) 北京 …… (写字)

女　客　西四牌楼太平胡同。(让巡警写) 关帝庙对面。

巡　警　门牌多少？

女　客　三百七十五号。电话西局 — 四千 — 六百 — 九十二。

巡　警　(写完了) 谢谢您。(藏好了簿子，又转到男客) 您是来这边租房的，是不是？

男　客　不是! 我是来这边住宿的，这房子我老早就租好了。

巡　警　(难住了。没有了办法，又转到女客) 您是来这边？……

女　客　我？我是来这边找人的。

房　东　(不能再耐了) 你到这边找什么人？

女　客　(很客气的向她点了一点头) 我到这边来找我的男人。

房　东　找你的男人？谁是你的男人？

女　客　我想你么该知道吧？— 你既把房子都租了给他。

房　东　怎么! 这位先生是你的男人么？

女　客　我不知道。你问他好了，看他承认不承认？

老　妈　(也不能再耐了) 太太，你看怎么样! 我老早就对您说过，这位先生一定是有太太的，您不信。

巡　警　(糊涂了) 怎么？刚才你们不是说这位先生没有家眷，怎么现在他又有了家眷？

老　妈　不要糊涂吧，刚才这位太太还没来，我们怎么会知道？如果这位太太早来这里，还可以省了我在雨地里走一趟呢。

女　客　对你不住。这实在不能怪我，五点钟的车子，六点半钟才到这里。

作品 原文：压迫

老 妈　请您不要多心。我不过是说给他太不懂事。

巡 警　这话可得要说明白了，太太要我到这边来，是说这位先生租
　　　了这三间房子，要一个人在这边住。这屋里住的都是堂客，
　　　他先生一个人在这边住，很不方便，是那么个意思，现在这
　　　位先生的太太既是来了，这事就好办。如果太太是和先生在
　　　这边同住，那就没有我的事，如果太太不在这边住，这件事
　　　还得……

老 妈　不要瞎说吧。太太自然是在这边住。——一看还不知道——
　　　先生和太太不过是为了一点小事，闹了一点意见，你不来劝
　　　解劝解，还来说那样的话。太太不在这边住，到那里住去?
　　　——好了，现在没有你的事了，你赶紧回去打你的牌去吧。
　　　(把风灯送到他手里) 走! 走!

巡 警　这样说，那就没有我的事了。好了，再见，再见。

女 客　再见。你放心好了，哪一天我不在这里住的时候，我通知你
　　　就是了。

巡 警　对不起，打搅，打搅。
　　　[巡警走出。老妈兴高采烈的拿了茶壶走出。房东太太承认
　　　了失败，看了她的客人一眼，也只好板了面孔走出。)

男 客　(关上门，想起了一个老早就应该问而还没有问的问题，忽然
　　　转过头来) 啊，你姓什么?

女 客　我——啊——我——

　　　　　　　　　　　　　　　　　　　　　　　　——幕下

获虎之夜

田 汉

【時間】

某年冬夜

【地方】

长沙东乡某山中

【人物】

魏福生 — 富裕之猎户。

魏黄氏 — 福生妻。

莲　姑 — 福生独生女。

魏胡氏 — 莲姑之祖母。

李东阳 — 邻人，甲长。

何维贵 — 李之亲戚，农夫。

黄大傻 — 莲姑表兄，贫颠行乞。

屠大，周三 — 魏家所雇之长工。

作品 原文: 获虎之夜

【布景】

魏福生家的"火房"(即乡下人饭后的休息室，客来时的应接室，冬夜的围炉向火处。) 开幕时魏福生坐炉旁吸水烟。 其母老态龙钟坐围椅上吸旱烟。福生之妻正泡茶。莲姑十八九岁好女子，虽山家装束而不掩其美。将泡好的茶用盘子托着先奉其祖母，次奉其父，次托茶四杯出 "火房"送给其家的佣工。福生目送其女出去，对其妻低语。

福　生　我们这孩子嫁到陈家里去不取第一也要取第二， 他家那样多的媳妇，我都看见过，单就人物讲，很少赶得上我家莲儿的。

黄　氏　(感着一种母亲样的夸耀) 前几天罗大先生也是这样说呢。可是也不知道费去我多少心血才替她挣了这样多的嫁奁。 不然，单只模样儿好，嫁奁太少也还是要遭妯娌们看不起的。

祖　母　但也当感谢仙姑娘娘，难得这几年家道还好，新近又连打了两只虎。不然的话，你有这样顺手吗？

黄　氏　铳已经装好了没有？

福　生　早就装好了。 可是还没有上线。 等到稍晚一点，把线上好，今晚是准有的。

黄　氏　再打了一只时，我的莲儿又可以多一样嫁妆了。我还想替她到城里去买一幅锦缎被面，买一个绣花帐檐哩。没有几个日子就要过门了。不赶快办，恐怕来不及。

福　生　我这次若打了一只大点儿的，也不必抬到城里去请赏，最好把皮剥下来替莲儿做一床褥子， 倒也显得我们猎户人家的本色。我打了第一只虎的时候，就有这个意思。莲儿，你 ……
(回头不见莲儿) 莲儿怎么不进来？

黄　氏	她大约听得说她的事，不好意思，回到自己房里去了吧。
福　生	象她这一向还好，从前她真是不听说，真把我气死了。
黄　氏	我不也是很气吗，听她晚上那样的哭，我又是恨，又是可怜……那颠子还在庙里吗?
福　生	唔。还在庙里。住在那戏台下面。我本想把他驱逐出境，怎奈地方人见他年纪又轻，又没有父母，也不过有些傻里傻气，并不为非作歹，所以都不肯照我的意思办，我也不好把我的意思说出来。
黄　氏	不过近来也没有看见他走我们门口过身了。
福　生	大约是受了我那一次的打骂，不敢再来了吧。那种颠子单骂他两句，他是不怕的。
祖　母	可是那孩子也真可怜啊。　你骂他两句不要他再来了就够了，打他做什么呢?
福　生	你老人家哪里晓得，那孩子看去好象很颠，可是他对莲儿一点也不颠，我起初以为他是颠子，所以莲儿和他玩耍，我也不大管他，后来人大了，他还天天来找莲儿谈笑，莲儿也仿佛非他很不快活，我方晓得这事不是玩的。那时候他的母亲刚死不久，我好好地对他说，我荐他到田家塅一家农家去看牛。他说他不愿到那样远的地方去，又说他虽然无家可归了，但怎么样也不肯离开仙姑岭。从那时起，他就在庙里的戏台底下过日子。可怜也实在可怜。但是一想到他会害得我的莲儿不肯出嫁，真是可恨。
黄　氏	好了。现在也不必恨他了。倒因为他的缘故，使我们替莲儿选了现在这一家好人家。
福　生	(忽然想起) 喂，前天莲儿到那里去来?

黄　氏	同下屋张二姑娘到坳背李大机匠师傅家里去来。 我要她送几斤虎肉去，顺便问他那匹布织完没有。
福　生	以后要屠大爷送去好哪，姑娘们不要到外面跑。 我仿佛看见她走那一边岭上下来的呢。
黄　氏	你为什么问起这事呢?
福　生	莲儿有好久没有出门，我恐怕她又跑到庙里去。
祖　母	到庙里去敬敬菩萨有什么要紧?
福　生	到庙里去敬敬菩萨自然没有什么要紧， 我只怕她又去会那颠子呢。
黄　氏	有张二姑娘跟着决没有那回事。 并且莲儿自从定了人家，也早已把那颠子忘了。
福　生	唯愿得如此才好。
	[此时外面有人声对语。李东阳带何维贵来访福生。屠大迎之。
屠　大	(在内) 哦，李大公来了。请进。
李	(在内) 哦，大司务，福生在家吗?
屠　大	(在内) 在火房里坐。请进。
	(登场)客来了。(退场)
	[李何登场，福生等起迎。
李	魏老板!
福　生	哦! 甲长先生来了。请坐，请坐。这位是谁?
李	这是舍亲，姓何。住在塅里。(长沙东乡称田野间为"塅"，山谷间为"冲")
福　生	原来是何大哥。几时进冲来的?
何	就是今天下午来的。
李	他是今天下午进冲的。 他家几代住在塅里务农，很少到冲里

来的时候。他是我的侄郎的哥哥。前回我到塅里去散事，在他家歇了一夜。谈起冲里过得怎样的有趣，柴火怎样的多，坡土怎样的好，晚上怎样可以听得老虎豹子叫。把这位老兄喜欢的不亦乐乎。又谈起你家新近打了两只虎，于今一只抬到城里请赏去了，一只还关在笼里，让人家看。他家里人从来没有见过老虎，个个都想来看看。这位老哥，尤其动了意马心猿，一定要同我来。他家的父亲说这几天事忙，要他隔几天来，所以今天才来。我也今天才从春华市回来。

何　　　(忽听得什么叫，忙着扯住李手) 这是不是虎叫？

福　生　(笑，同座皆笑) 这不是虎叫，这是我家后面猪圈里猪叫。

何　　　怎么冲里的猪叫法不同？

李　　　冲里的猪和塅里的猪原是一样叫的。恐怕是你的耳朵作怪吧。……第二次打的虎也抬到城里去了吗？

福　生　抬去四五天了。

李　　　怎么你没有去？

福　生　我没有去。要老二送去了，顺便办一些货回。我在家还有些事情要做呢。

李　　　那么，维贵，你来得不凑巧。你那样要看虎，及至进冲来，虎又抬走了。

黄　氏　(一面献茶与客) 真是。何大哥，若早五六天来还可以看得到哩。嗳哟，没有抬去的时候看的人真不知道多少啊。就是抬去之后两三天还有许多人赶来要看的，都看个空回去了。最有趣的是周家新屋的三太太从城里回，也来看虎，她逼近笼子侧边站着，听得虎一叫，人往后面一退，两手望前一拍，把手上戴的一对玉钏子也打得粉碎了。

作品 原文: 获虎之夜

何		嗳呀。好凶!
李		(笑了) 你家捉了虎的事，真传得远，连春华市那一边都知道了。那地方的都总太太都想来看一看呢。可惜你们家就把它送到城里去了。
福	生	不要紧。今晚若是运气好的时候，还可以打一只。不过恐怕捉不到活的罢。
李		什么，又装了陷笼吗?
福	生	不是陷笼，是抬枪。现在等人静一点，就要上线呢。
李		装在什么地方?
福	生	装在后面的岭上。
李		那地方没有人走吗?
福	生	这样的晚上有谁要跑那边岭上去，并且谁不知道昨天已经发了山。
李		那么恭喜你今晚一定打一只大虎。明天还要请我喝一杯喜酒呢。
福	生	那自然啦。正应请甲长先生喝喜酒的。我的莲儿就是这几天要过门了。今晚若是打了一只虎，我要把喜酒更热闹地办他一下，请甲长先生多喝几杯。
李		哦，不错，听说莲姑娘就是这几天要过门了。我还没有预备一点添箱的礼物哩。
黄	氏	嗳哟，大公不要又来费心。前天承大姚弛 (祖母之意。读若 ngai jieh) 送来了一个布，两个被面，我们已经不敢当得很。
李		哪里的话。应当的，正应当的。陈家几时过礼?
黄	氏	初一过礼。
李		你们这头亲事真说得好。真是门当户对。不要说我们的门前上下，就是我们这镇里都是少有的。

206

黄　氏	你老人家说得好。
	[屠大登场。
屠　大	大老板，我们可去上线了吧。
福　生	(时房中久已点灯。炉中柴火熊熊，福生起视窗外) 可以去了。你们要小心些呀。
屠　大	晓得的。
李	你们家这位屠司务真是个好人。
福　生	哼。他很可靠。
黄　氏	有一句讲一句，屠司务真是个老实人。他在我家做了五六年长工从来没和我们家里闹过半句嘴。哦 …… 说起又记起来了。你老人家家里的二姑娘不也是不久要出阁了吗？
李	唔。明年三月安排把她嫁到金鸡坡侯家里去。
黄　氏	侯家里！那真是好人家呀。三十几人吃茶饭，长工都请了七八个。二姑娘嫁到那样的人家真是享福啊。
李	嗨，分得她们有什么福享，不过可以不挨饿罢了。他家的媳妇是有名的不容易做的。要起得早，睡得晚，纺纱织麻，斟茶煮饭，浆衣洗裳不在讲，还得到坡里栽红薯，田里收稻。一年到头劳苦得要死。若是生了一男半女更麻烦了。
黄　氏	不过也要这样的人家才是真正的好人家。越是一家人勤快，越是兴旺。
李	是。我也正是取他家这一点，才把我的二女看到他家去。她的娘疼爱女儿，听说侯家里是那样的人家，起初还不肯回红庚呢。
祖　母	福生，你叫胡二爷到柴屋里去弄些硬柴来。今晚若是打了虎还有好一会耽搁呢。

作品 原文：获虎之夜

福　生　　我自己去吧。(起身出门)

李　　　　嬭嬭，你老人家真健旺得很。

祖　母　　唉，讲给大公听，到底年纪来了，现在也不象从前那样结实啊。

何　　　　你老人家今年几十岁了？

李　　　　你猜猜看。

何　　　　我看 …… 和我的嬭嬭上下年纪吧？

黄　氏　　她老人家有多大年纪？

何　　　　今年七十五岁。

黄　氏　　那么比我的嬭嬭还小一岁呢。

李　　　　他的嬭嬭也健旺得很。我早几天在他家里，还看见她老人家替她的孙儿绣兜肚呢。

黄　氏　　我的嬭嬭眼睛不如从前了，可就是脚力好。仙姑殿那样陡的山，她老人家还爬得上去。从半山到正殿去不还有一百二十来级的石台阶吗？她老人家一气走上去还不费多大气力，反把我走得脚软手麻气都喘不过来。

李　　　　我们后班子真不及老班子啊。(班子即辈之意)

黄　氏　　是啊。

祖　母　　我们算什么，你没有看见你的公公呢。他老人家在世的时候，那一个不说他健旺。八十岁那年还和后班子赌狼，推起两石谷子上山呢。

何　　　　嗳呀，我都做不到。

祖　母　　你们十八九岁的人，是"出山虎子"，正是有劲的时候，有什么做不到。

　　　　　[福生抱柴来，放在火炉弯里。

福　生　　你们讲什么？

李　　　我们正谈起现在这班少年还不及老班子的有劲啊。

福　生　这是实在的话。就拿我们猎户讲，现在的猎户那里及得从前的猎户的本事高。不过打猎的器械和方法都比从前精巧些，也不必费从前那样多的力了。

何　　　魏老板你府上从前那两只虎是怎样打的呢？

福　生　说起来，也很有趣，我们去年也还打过几只，可没有今年这两只来得容易。第一只尤其来得容易，那时我家刚做好一只陷笼，还没有抬到山上去装置，就把它放在猪圈后面，把笼门打开，原只望万一关一两只小小野物。不想睡到半晚忽然听得猪圈里的猪大乱起来，接连听得几声扯锯子似的大吼。我们爬起来，拿了猎枪，虎叉，掌起灯，望猪圈后面一看时：原来笼子里早陷了一只小牛似的猛虎。那只虎走我们屋边过身，听得猪圈里有猪叫，想来吃猪，没有别的路可以进来，便走那笼子里钻进来，用爪子猛力去爬猪圈，不想机关一动，后面的门就关下来，再也别想出去了。后来我们又做了一个木笼，比前一个更加精巧得多。抬起装在那条岭上的乱树中间。四周围都用树枝盖好，只留一条进路。笼子后面又放些猪羊鸡鸭之类，都替它们缚了腿子，让它们在里面乱弹乱叫。冬天里的饿虎，走岭上过身，听得乱树中有生物叫着，那会不进去找食物的咧？果然第三天的晚上，我们又装了一只老虎，这就是五天前抬上城请赏的那一只。

何　　　打虎就这样容易吗？

福　生　那里。这不过我的运气好罢。遇着难对付的还是要费无穷的气力。你不看见仙姑岭下有一个长坡吗？那里原先并不是现在这样的光坡，却是一带深林。因为近处的人知道中间是猛

作品 原文：获虎之夜

虎的巢穴，所以都不敢到那近边去砍柴，为的没有人敢去砍柴，所以那一带深林越长得不见天日。但是最初虽不敢去砍柴，却也没有别的事故。到后来里面的虎渐渐多了，常常出来捉近边人家的猪和鸡吃，晚上吼声不绝，近边人家都不敢安心睡觉。后来索性把长坡易四聋子的儿子咬去了。易四聋子是我们镇上有名的猎户。他们夫妇的膝下只有这个儿子。那时他刚从城里回来。听说儿子被虎咬了，痛不欲生，赌咒要杀尽那坡里的虎。他还有一个朋友姓袁，也是个有名的猎户，浑名就叫袁打铳，也愿帮忙来除掉这地方的大害。易四聋子每天背着猎枪，提着刀，到那坡里去寻。有一天果然给他寻出一条路来。照那条路走去，就到了那虎窝里。一看母虎不在家，只剩了四个小虎在窝里跳。易四聋子看见很觉得好玩。再一寻时，看见那虎窝旁边还剩了些小孩的头腿，易四聋子不看犹可，一看见了这些头腿只恨得咬牙切齿。一阵乱刀就把那些小虎都杀死在窝里。易四聋子知道母虎回来看了，一定要寻仇。第二天就邀袁打铳和许多猎户来围山。那天那母老虎回来看见自己的儿子都杀死了，果然怒吼了一夜，第二天他们围山时，它坐在窝里等。

[忽闻许多猎犬声，屠大和二三伙友从山上回来。

[屠大周三登场。

福　生　　装好了吗?

屠　大　　全都装好了。

福　生　　山上没有人走吗?

屠　大　　这时候有什么人走到那样的岭上去?

黄　氏　　屠大爷，周三爷，快来烘一烘，冷得很哩。

周　三　　也不怎么冷。

[黄氏折些带叶的干柴，烧起熊熊的火来。屠周二人烘着。

李　　　　屠大爷你的衣袖子烂了呢。

黄　氏　　昨天我要他交给莲儿替他补一补，他又不肯。

屠　大　　我的衣那里敢烦莲姑娘补呢？横竖在山里作活的人休想穿一件好衣，就有好衣，到山里去跑两趟，铁打的也要扯烂。

李　　　　我多久就劝屠大爷讨一个大娘子，他总不听。不然，你的衣烂了，不早有人替你补起了吗？

屠　大　　甲长先生，你也得体恤民情呀。你看我们养自己不活的人还能养活人家吗？

李　　　　话虽是这样说，老婆总是要讨的。也没有见单身汉子个个有了钱。也没有见讨了老婆的个个都饿死了。我还是替你做个媒罢。

周　三　　我也替你做个媒罢。

屠　大　　(笑向周三) 你替我做个什么媒呀？你有什么姑子要嫁给我呢？

周　三　　说起来没有一个人知道，却也没有一个人不知道。就是后屋朱太太的大小姐。

屠　大　　后屋有什么姓朱的太太？

[福生和黄氏早笑了。

周　三　　就是那猪婆的大小姐呀！

屠　大　　(打周三)你这小坏蛋。

福　生　　喂，屠大爷，你快去把那些器械安顿好。等一会就要用呢。

屠　大　　好。周三爷你赶快替我磨刀去。

[两人下场。

李　　　　今晚上一定又该你发财呢。

福　生　　哈哈，这些事是要靠运气的。法子总得想，能不能到手可说不定。

作品 原文: 获虎之夜

何　　第二天又怎么样呢，魏老板？

福　生　(突如其来，摸不着头脑) 第二天？第二天什么事？

何　　第二天他们去围山，捉到那只虎没有呢？

福　生　啊，你是讲刚才说的易四聋子打虎的那件事啊。好，我索性对你说完了罢。第二天易四聋子邀了袁打铳和本地方好几个有名的猎户去围山。易四聋子和袁打铳奋勇当先。其余的猎户只远远的包围着，易四聋子又让袁打铳做他的后援，他由他昨天发现的那条路，一步步逼近虎窝里去，等到相隔不过一丈来远的时候，他早由树后面瞧见那母老虎磨牙擦爪地在那里等他，他不待它先来早装好猎枪，朝那老虎头上一枪打去。那老虎听得枪一响，照着枪烟，一个窜步扑起来。易四聋子本来想等它扑来，举起刀去刺它的肚子，但是已经来不及了，那老虎扑到他的头上来了。他丢了枪刀，趁那当儿一把抱住那老虎的腰，把头紧紧的顶住它的咽喉，把两只脚紧紧的撑住它的后腿，任它怎样的摆布，他只死命的抱着不放。这时易四聋子的好友袁打铳，和其他许多猎户看了这种情形，救也不好，不救也不好。还是袁打铳隔得比较近一点，爬到一枝树上，觑得准准的对那老虎连发了两枪，那老虎打急了。候他第三枪到来时，它就地一滚，那枪子却打在易四聋子的腿上。虽然没有打中要害，但痛得他把腿一缩，那头上也不由得松下来。那老虎趁这个机会，转过气来，大吼一声，把易四聋子的脑袋咬了半边，挣脱了易四聋子的手，几跳几窜的跑出重围去了。那些猎户那一个敢挡它的路。袁打铳虽然接着连发了几枪，但是已经救不了他的朋友。他一面收拾他朋友的遗体，一面也发誓要除掉那只老虎替他朋友报仇。从此以后袁打铳常常一个人背着枪，去找那只老虎，后来虽然也打了好几只虎，但始终不是咬他的朋友的那只。他有一个儿子，叫和儿，十四五岁了。他恐怕他死了后他的朋友的仇就不能报了，所以他常常把母老虎的样子对和儿说，叫他长大了也做一个猎户，务必寻到这只虎，把它打死，把皮骨去祭他朋友的灵，才算孝子，因此和儿心目中常常有这么一只虎。

何
福生　他的儿子后来打到这只虎没有呢？

你听哪。第二年春二月间，和儿和几个邻舍的小孩到枫树坡去寻惊蛰菌，这个坡里也因为林子很深，许久没人砍动，地上木叶落的多。所以每年结的菌子也最多。这些小孩越取越多，越多越高兴，越高兴就不顾危险越往林子深的地方走去。正取得高兴的时候，忽然一个小孩骇得叫也不敢叫出来，拚命的扯起他们跑。他们问有什么。他说："有虎！"那些小孩子听得有虎，大家都往外跑，把敢下来的菌子丢满了一地，踹得稀烂，但他们跑了好一阵，却没见什么东西追出来，细瞧有虎的那边林子，一点响动也没有。他们都很诧异。内中有大胆的就依然跑到那边林子里去探看，袁和儿便是一个。一看那深林中间，却有一块小小的空地。这空地上果然坐着一只刚才吓起他们乱跑的猛虎。嘴里咬着一块什么东西。两只眼珠睁得有茶杯大小，望了使人家两只脚自然要软下来。可是一宗，那怕他们两次访它，它不但不动，连哼也不哼一声，仔细一听，连气息都没有。袁和儿胆子最大，捡起一块石头照那老虎的尾上轻轻打起去，它依然一丝也不动。袁和儿知道世界上没有这样好气性儿的老虎。一看它的头上还有一两处伤痕，心里早已断定是他父亲时常对他说起的那只老虎。他对他那些小朋友说了，他们依然没有人敢拢去。还是和儿跑拢去把那老虎一推，哗啦一声倒了，原来那只老虎自从咬了易四聋子，带了重伤逃出重围，就躲在这地方死了。如今只剩得皮包骨头。肉早已烂了。口里还咬着易四聋子的半边脑袋。

何　　那么为什么还坐着呢?

福　生　你不知道呀，这叫做"虎死不倒威"。后来和儿回去把他老子喊来一看，果然是那只老虎。袁打铳把易四聋子那半边脑袋交给他家里和遗体一起葬了。把老虎的皮骨祭了他的灵，才算完了他一桩心事。……

[正说到那里忽听得山上抬枪一响。

福　生　吓!

屠　大　(在内) 枪响了。大老板! 我们快去罢。

李　　福生，你的财运真好。这次包你又打了一只大虎了。

祖　母　若是只虎，那么莲儿又多一样嫁奁了。

福　生　唯愿是只虎也就可以了我一桩心事。不要打了一只什么小的野物，那就不值得了。

[屠大携猎枪，虎又之类登场。

屠　大　不会，一定是只大虎。别的小野物不走那条路的。

福　生　我也这样想。

何　　我们也去看看罢。

福　生　何大哥要去看看也好。

李　　我也同去看看。

福　生　(对黄氏) 你赶快去烧好一锅水，等一下有好一阵忙呢。

黄　氏　我早已预备好了。

周 三	(在内) 喂! 去呀。
福 生	屠大 (同声) 去呀。
	[各携器械退场。
黄 氏	娭毑你老人家去睡去罢。
祖 母	还坐一会也好。 等他们把虎拾了回来再睡去。 等一下有好一 阵忙, 我在这里烧烧火也是好的。
黄 氏	啊呀, 催壶里没有水了。 莲儿!
莲 姑	(在内) 来了。
	[莲姑登场。
莲 姑	妈妈, 什么事?
黄 氏	你去添一壶水来。 等一会他们回来, 要茶喝呢。
莲 姑	是。
	[携壶下场, 一忽儿, 携一满壶水登场, 依然把壶挂在火炉里 的通火钩上。
莲 姑	妈, 又打了一只虎吗?
黄 氏	屠大爷说一定是只虎。 别的野物, 是不走那条路的。 并且昨 天不是发了山吧?
祖 母	若是只虎, 你爹爹不知道多么欢喜。 他说这次若打了虎不拾到城 里去请赏, 要把皮剥来替你做一铺褥子, 把虎肉下来办喜酒呢。
黄 氏	日子近了。 你那双鞋子还不赶快做好?
莲 姑	我不做。
黄 氏	蠢孩子。 你为什么不做?
莲 姑	我不要穿鞋子了。
黄 氏	你为什么不要穿鞋子了?
莲 姑	我不要活了。 (哭)

作品 原文: 获虎之夜

黄　氏　你为什么不要活了?

莲　姑　爹妈若是一定要我嫁, ……

黄　氏　你嫌陈家里不好吗?

莲　姑　不是。

黄　氏　嫌陈家里的三少爷不好吗?

莲　姑　(摇头)……

黄　氏　那么为什么又不愿意去了呢?

莲　姑　…… 我只不愿意去就是了。

黄　氏　我的好孩子, 你先前说得好好的, 怎么这会子又翻悔呢? 这
样的终身大事岂是儿戏得的吗? 人家已经下了定, 你又不愿
意去了。就是我肯, 你爹爹肯吗? 就是你爹爹肯, 陈家里能
依吗? 你总得懂事一点。你现在不是二三岁的小孩子了。放
着陈家这样的人家不去你还想到什么人家去?

祖　母　是呀。象陈家那样的人家在我们镇里是选一选二的。他家里
肯要你, 真是你的八字好呢。你不到他家去还想到什么更好
的人家去? 就是更好的人家, 他不要你也是枉然呀。

莲　姑　我什么人家也不愿意去。我在家里侍候娭毑妈妈好哪。

黄　氏　你这话更蠢了。那里有在娘边做一世女的呢? 我劝你不要三
心两意的了。你只赶快把鞋子做起, 别的嫁奁我也替你预备
得有个八成了。只候你爹爹打了这只虎, 替你做床虎皮褥子,
还要二叔在城里去买一幅绣花帐檐, 锦缎被面子, 就要过礼
了。你刚才这些话我原晓得你是和我淘气的。你要嫁了, 你
妈还把你怎样吗? 只等一下别对你爹爹淘气, 你爹爹若听见
了这些话, 你是晓得他的脾气的。

祖　母　是呀。你爹爹他若听说你不愿意, 你看他会怎么样气。

莲　姑　我不管爹爹气不气，我只不去就是了。

黄　氏　好，你有本事等一下对你爹爹说去。我懒得和你说。我要到灶屋里去了。

莲　姑　(至祖母前) 姨妣，我 ……

祖　母　(抚之) 傻孩子。你哭什么？你的命不比你妈你姨妣都好吗？

莲　姑　不。姨妣，我是一条苦命。

　　　　[隐约闻外面人声嘈杂。猎犬吠声。

祖　母　你听。你爹爹和屠大爷他们抬虎来了。你出阁的时候又要添一样好嫁奁了。并且你可以早些到陈家里去享福去了。你还不赶快到大门口去看看。

莲　姑　不。我不要去看。我怕这个老虎。

祖　母　你又不是才看见过老虎的。怕它做什么？以前捉了活的还不怕，此刻是打死了抬回来的更不必怕了。

莲　姑　我怎么不怕它。它是催我的命的。

祖　母　你看。你又和黄大傻一样的发起颠来了。

莲　姑　姨妣。是的。我是和他一样颠的，我时常怕我会变成他那一样的颠子呢。

祖　母　你越说越傻了。好好的人怎么会颠？(人声狗声愈近) 好。(站起来。众声嘈杂中闻甲长之声"抬进去""抬进去") 你听，虎已经抬到门口来了。快去看看。

莲　姑　不。我不要看。虎进屋了，我便要出屋了。

　　　　[人声，脚步声，猎犬吠声，已闹成一片了。

屠　大　(在内) 顾三爷，你把大门推开些，推开些。

福　生　(在内) 堂屋里快安顿一扇门板。

李　　　(在内) 你把脚好生抱着，抬进去。

作品　原文：获虎之夜

祖 母	莲儿，虎抬进来了。快去看看。
莲 姑	不。我不要看。
	[人声，足步声愈近。
福 生	(在内) 抬到堂屋里去。
李	(在内) 不。抬到火房里去。
祖 母	你快去开门，虎要抬到火房里来了。
福 生	(在内) 何必抬到火房里去。
李	(在内) 天气冷得很，非抬到火房里去不可，快去安置一下。

[火房门开了，李二进来把左壁大竹床上的东西挪开，铺上一床棉褥，把衣服卷成一个枕头，放好。李甲长进来，把椅凳移开。在莲姑和她祖母的错愕中间，福生和屠大早半抬半抱的抬进一只大虎(?)咳，不是，原来是一个十七八岁的褴褛少年。腿上打得鲜血淋漓。此时昏过去了。让他们把他死骸般的抬起来放在那大竹床上。

祖 母	怎么哪，打了人？
福 生	咳，还有什么说。
李	你老人家快把火烧大一点。房里很冷。福生，你要赶快去请一个医生来。
福 生	这时候到哪里去请医生呢？槐树屋梁六先生又上城去了。
李	不，立刻要去请一个来，他伤得很重，弄出人命来可不是玩的。
福 生	屠大爷，那么你到文家冲文九先生那里去一趟，任如何请他老人家今晚来。李二爷你也同去，好抬他的轿子。
	[屠大李二匆匆退场。
	[黄氏急登场。
黄 氏	打了人，打了谁呀？

福　生　　你说还有谁，还不是这个晦气。

[黄氏与莲姑娘的眼光都转到那褴褛少年脸上。

福　生　　他晕过去了。快烧碗开水灌他一下。(忽注意到莲姑) 莲儿快
　　　　　　进去，不要在这里。

莲　姑　　(目不转睛的望着那面色灰败的少年，　似没有听得她父亲的
　　　　　　话，旋疑其视觉有误，拭其目，挨近一看) 嗳呀，这不是黄
　　　　　　大哥? 黄大哥呀! (哭)

黄　氏　　当真是那孩子，怎么瘦到这样了。(起身，烧水去)

福　生　　不识羞的东西，他是你什么黄大哥? 还不给我滚进去。

祖　母　　(起视) 当真是那孩子吗?

福　生　　还不是那个傻东西，这时候谁肯跑到那样的岭上去送死? 我
　　　　　　们背时人偏遇着这样的背时东西。

祖　母　　打了哪里?

福　生　　打了大腿。只要打上一点，这东西就没有命了。

李　　　　现在还是危险得很，怎奈血出的太多。我们走到他近边的时
　　　　　　候还以为是只虎，仔细一看才知道是他在那里乱滚。

福　生　　他那时伤的那样重，见了我还对我道恭喜呢。这个混帐东西!

祖　母　　快替他收血，把他喊转来。可怜这孩子已经是个颠子了，不
　　　　　　要又弄成一个残疾。

福　生　　(伏在少年腿旁作法收血) 功程太大了，不容易收。我去叫下
　　　　　　屋李待诏 (理发师别名) 来。甲长先生，请你替我招扶一下，
　　　　　　我去一下就来。

李　　　　可以。你去。这里我招扶。

莲　姑　　(挨近少年身边寻着伤处) 哦呀，伤的这么重! (摸一手的血)
　　　　　　出了这样多的血! 嗳呀，怎么得了! (哭。忽悟哭也无益，急

起身进房，闻撕布声。)

李　　　(对何维贵) 今晚来看虎，不料看了一个这样的虎。你先回去。我要等一下才能回。(送至门口) 你出大门一直走，走到那株大樟树那里转弯，进那个长城，就看见我的家了。你看得见吗? 拿个火把去罢。

何　　　不消，我看得见。

周　三　我带何大哥去好哪。我还要顺便到一下李家新屋，问他家要些药来。

李　　　那么更好哪。你对大娭毑说我等一下就回来。

　　　　[何、李退场。

莲　姑　(携白布和棉花一卷登场，就少年侧坐，为之洗去血迹绷裹伤处。少年略转侧微带呻吟之声。莲姑细声呼少年) 黄大哥，黄大哥!

少　年　(从呻吟声中隐约吐出一种痛苦的答声) 唔。

李　　　壶里的水开了。快灌点开水。

　　　　[黄氏冲一碗开水，俟略冷，端到少年身边，祖母拿枝筷子挑开少年的口徐徐灌之。

李　　　好了，肚子有些转动了。

祖　母　这也是一种星数。

莲　姑　(微呼之) 黄大哥，黄大哥。

少　年　(声音略大) 唔，嗳哟。

祖　母　可怜的孩子，他这一气痛晕了呢。

少　年　(呻吟中杂着梦呓) 嗳哟，莲姑娘。痛啊。

黄　氏　这孩子这样痛还没有忘记莲儿呢。

莲　姑　(抚之) 黄大哥。

少　年　(睁开眼四望) 哦呀。我怎么在这里? 我怎么睡在这里?

李　　　你刚才在山上被猎枪打了，我们把你抬到这里来的。这会子清醒了一点没有?

少　年　清醒了一点。哦呀，李大公。哦呀，姑母，姑娭毑，莲姑娘。莲姑娘，我怎么看见你，我只当我还倒在山上呢。(拭目) 我们不是在做梦吗?

莲　姑　黄大哥，不是做梦啊，是真的。你睡在我家火房里的竹床上。

少　年　是真的。…… 但是我可没有想到我今晚能再见你啊。你要嫁了。听说你要嫁了。是这几天要过门了。我想来贺喜，可又没有胆子进这张门。我只想，只想到你出阁那天。陈家一定要招些叫化子来，打旗子的。那时我想去讨一面旗子打了，也算是我一点子的敬意。…… 是，是那一天? 日子已经定了没有?

莲　姑　黄大哥 …… (哭不可抑)

　　　[福生急上。

福　生　李待诏不在家，找了一个空，血止了一点没有?

李　　　止了一点。莲姑娘替他裹好了。

福　生　(见莲姑) 莲儿还不进去。进去!

莲　姑　(踌躇) ……

福　生　还不进去。你这不识羞的东西。

莲　姑　爹爹。我今晚要看护他一晚。我这一辈只求爹爹这一件事。

福　生　他是你什么人? 为什么定要你看护他，他受了伤，我自然要想法子替他诊好的，不要你过问。你还不替我滚进去!

李　　　让她招扶一下何妨呢? 病人总得姑娘们招扶才好。

福　生　甲长先生，你不大晓得这个情形。…… 我是决不让我的女

儿看护他的。 第一我就不知道他为什么这时候要跑到那样的
山上去送死。

李　　　心里不大清白的人，总是这样的。

福　生　不然。你要说他傻吗，他有时候说出话来一点也不傻。我只
不懂他为什么总要寻着我家吵。

少　年　姑爹，我以后永不要你老人家操心了。 我永不到你老人家的
府上来了。 今晚就是最后一次。我本没有想到今晚能到你老
人家的家里来的。 更没有想到会象受了重伤的野物一样倒在
这个地方。 我只想能在后山上隐隐约约看得见这屋子的灯光
就够了。

福　生　你为什么今晚要来看我家的灯光?

少　年　姑爹，不止今晚。 除了上两晚之外，我差不多晚晚都来的。
我自从在庙里的戏台下面安身以来，晚晚是这样的。那怕是
发风下雨的晚上都没有间断过。我只要一望见这家里的灯光，
我就象见了亲人一样，把我的什么苦楚都忘记了。

祖　母　咳! 没有爹娘的孩子真是可怜啊。

福　生　你既然这样想到我家来, 何不好好对我讲呢?

少　年　我晓得我就好好的对你老人家讲，你老人家也不见得肯要我到这
家里来，并且我是挨过你老人家的打骂的呀，我也不愿意进来。

福　生　我打你骂你，都是愿你学好。谁叫你那样不听说呢? 我要你
学木匠去，你不去。学裁缝，你也不去。后来我荐你到田家冲
去看牛去，你也不去。偏要在这近旁讨饭，叫我如何不恼呢?

少　年　是的，我情愿在这近旁讨饭。 我情愿一个人睡在戏台下面,
我不愿离开这个地方， 那怕你老人家通知团上要把我这个无
家可归的孩子驱逐出境，我也不愿离开这个地方。

福　生　　我是怕你不务正业才要驱逐你呀。假如你是学好的，我何至如此。

少　年　　嗨！贫穷人家的孩子总是要被人家驱逐的。不过你老人家何尝是怕我不务正业，无非怕我害你家的莲姑娘罢。

福　生　　你们听，我早知道他是装傻的。

少　年　　姑爹，我实在是个傻子，我明明晓得没有爱莲姑娘的资格，我遍不能舍棹她，我怎么不是个傻子呢？我和莲姑娘从小就在一块儿，那时我家里还好，你老人家还带玩带笑的说过，将来这两个孩子倒是好一对。其实不待你老人家说，我们那时的小孩子心里早模模糊糊有这个意思了。后来我爹爹不幸去世，家里亏空不少，你老人家已经冷了一大牛。及至我妈妈也过了，家里又遭了火烧，卖尽田产，还不够还债。我读书的机会自然没有了。就是学手艺吗，也全由别人作主，今天要我去裁缝，我不愿意，逃出来，挨了一遭打骂之后，后天又拖我去学木匠，……我那时早晓得莲姑娘不是我的了。我去学木匠那天早晨想要找莲姑娘说句话都被你老人家禁止了。我只怨自己的命苦，屡次想打断这个念头，怎奈任如何也打不断。上屋里陈八先生可怜我，叫我同他到城内去学生意。我想这或者可以帮助我忘记莲姑娘的事。但是我同他走到离城不过几里路的湖跡渡，我依然一个人折回来了。我不能忘记莲姑娘，我不能离开莲姑娘所住的地方。多亏仙姑庙的王道长可怜我，许我在庙里的戏台下面安身。我时常替他做些杂事。他遇着我没有讨得饭的时候，也把些吃剩的斋饭把我充饿。我就是这样过一年多的日子。

莲　姑　　(哭)……

少　年　　一个没有爹娘，没有兄弟，没有亲戚朋友的小孩子，日中间

作品 原文：获虎之夜

还不怎样，到了晚上独自一个人睡在庙前的戏台底下，是多么凄凉，多么可怕的境况啊！烧起火来，只照着自己一个人的影子；唱起歌来，哭起来，只听得自己一个人的声音。我才晓得世间上顶可怕的不是虎豹，也不是鬼怪，就是寂寞啊！

莲　姑　(泣更哀)……

少　年　我寂寞得没有法子，每到太阳落了，山上的鸟儿都归到巢里去了的时候，便一个人慢慢的走到这后面的山上来望这个屋子里的灯光，尤其是莲姑娘窗上的灯光。我一看了这窗上的灯光，好象我还是五六年前在爹爹妈妈膝下做幸福的孩子，每天到这边山上来喊莲妹出来同玩，我拚命的摘些山花给莲妹戴的时候一样，真不知道多么欢喜，多么安慰！尤其是落霏霏细雨的晚上，那窗上的灯光，远远望起来越显得朦朦胧胧的，又好象秋天里我捉得许多萤火虫儿，莲妹把它装在蛋壳里一样，真是好看。我一面呆看，一面痴想，每每被雨点把一身打的透湿，还不觉得，直等那灯光熄了，莲妹也睡了，我才凄凄凉凉的挨到戏台底下去睡。

莲　姑　(啜泣)……

祖　母　可怜的孩子，那不会受凉吗？

少　年　受凉？没有爹娘的孩子有谁管他受不受凉呢？并且寂寞比病还要可怕。我只要免得我心里一刻子的寂寞，也顾不得病了。我受了一年多的风霜饥饿，身子早已坏了。这几天又得了一点病，所以有两晚没有来看这边窗上的灯。我自己恐怕到我爹妈的膝下去的时候不远了，又听说莲姑娘就是这几天要嫁到陈家里去，所以我今晚特再到这边山上来再望望我那两晚没有望见，也许以后永远望不见的灯光，不想刚到山上便绊着药绳，挨了这一枪。…… 我盼望那一枪把我打死了倒好，免得还要受几点钟的苦痛。…… 不过因为这个缘故，我居然能再见莲姑娘一面，我这一枪也挨得值得，就死也死得值得。莲妹！我的伤受得很重，并且身子又病了。你招扶我一下罢。只要你的手触我一下，我的病就会好了，我的痛也可以忘记了。莲姑娘你招扶我一晚，我只求你这件事。

莲　姑　是，黄大哥，我一定招扶你。

李　　　有莲姑娘招扶他，他的伤一定好得快些。

祖　母　可怜的孩子，不想他这样爱着莲儿。

黄　氏　看起来他这一枪还是为莲儿挨的。 可怜病得这样子又受了这样重的伤。他的娘若在世，不知道怎样伤心呢。

莲　姑　(抚着少年的手) 黄大哥。你好好睡。我今晚一定招扶你。

少　年　(安慰极了) 啊，多谢。

福　生　(暴怒的口吻) 不能！莲儿，快进去。这里有我招扶，你不要管。你已经是陈家里的人，你怎么好看护他。说起来成什么话！

莲　姑　我怎么是陈家里的人？

福　生　我把你许给陈家里了，你便是黄家里的人。

莲　姑　我把我自己许了他，我就是黄家里的人。

福　生　我这是什么话？你这不懂事的东西！你怎敢在你父亲面前强嘴！(见莲姑还握着少年的手) 你还不放手，替我滚进去。你不要招打。

莲　姑　你老人家打死我，我也不放手。

福　生　……(改用一种慈父的口吻。) 莲儿，你仔细想想，你爹爹不是因为很爱你才把你看给陈家里吗？你爹辛苦半生，只有你这一个女儿。因此不想把你胡乱给人。好容易千选万选，才

作品 原文: 获虎之夜

选了陈家里这样的好人家。 还怕陈家里嫌我们猎户出身不大愿意。 算是看得你人物还不错，才应允了这门亲事。 只望你心满意足的到陈家里去，过半生快乐日子。 生了一男半女回门来唤唤外公也算我没有儿子的人的一种福分。 不想你这不懂事的东西再三推托，后来经我和你妈仔细劝你，你才回心转意，亲口应允了。 ……

黄 氏　是呀，莲儿你自己还应允了的呀。

莲 姑　我因为爹爹再三逼我，我没有法子，只好应允了。原想找个机会和黄大哥商量在过门以前逃到别的地方去。

福 生　唔。你居然想逃!

莲 姑　想逃。我多久想逃，只是没有机会。第一次打了虎的时候到我家看的人很多，我就想趁那时候逃。刚走到半山遇着屠大爷，我只好转来。后来隔过门的日子越近，你老人家越不肯叫我出去。 前几天借着送虎肉才同张二姑娘到仙姑殿去了一回。因为有张二姑娘同走，不好问人。没有找着黄大哥。

福 生　找着便怎样?

莲 姑　找着了，我便约个日子同他跑。

黄 氏　安排跑到那里去?

莲 姑　跑到城里去。

黄 氏　找谁?

莲 姑　找张家大姐介绍我到纺纱厂做工去。

福 生　唔。

莲 姑　不想我没有找着他，他倒先到我家来了。象受了重伤的老虎似的抬到我家来了。 身体瘦到这个样子，腿上还打一个大洞。 ……流这许多血。黄大哥，可怜的黄大哥。我是不离你的了。

生，死，我都不离你。

福　生　我偏要你离开他。偏不许你 ……。你这种不孝的东西。(猛
　　　　力想扯开他们的手。但他们死力不放。)

莲　姑　爹爹!

祖　母　(同时) 福生!

李　　　(同时) 福生!

黄　氏　(同时) 嗳呀。莲儿，你放手罢。

莲　姑　不。我死也不放手。世间上没有人能拆开我们的手。

福　生　我能够! (暴怒如雷猛力扯开他们的手，拖着莲姑望房里走)
　　　　你这种畜生，不要脸的畜生，不打你如何晓得厉害。(拖进房
　　　　里闻扑打声抗争声) 哼! 你还强嘴不? 你还发疯不? 你还喊
　　　　黄大哥不? 你还要气死我不? (每问一句打一下)

大　家　(同时) 福生，福生，嗳呀，不要打。
　　　　(皆拥到后房去。台上只剩少年一人，死骸似的倒在竹床上，
　　　　闻里面打莲姑声，旧病新创一齐裂发)

少　年　嗳呀。我再不能受了。(忍痛回顾强起取床边猎刀) 莲姑娘，
　　　　我先你一步罢。(自刺其胸而死)
　　　　[里面福生，"你还不听说不? 你还要喊黄大哥不? 你做陈家
　　　　里的人不?"之声与竹鞭响声，哀呼"黄大哥"之声盆烈，劝解
　　　　者号哭者的声音伴奏之。

　　　　　　　　　　　　　　　　　　　　　　　　　　　幕徐下

泼妇

欧阳予倩

【布景】

中上家庭的厅堂

【上场人名】

陈慎之 (三十岁。)

其妻子素心 (二十四岁。)

其父以礼 (五十五六。)

其母吴氏 (姨太太扶正的，四十八岁。)

其新娶之妾王氏 (十六七岁的讨人。)

其妹芷祥 (二十五岁。)

其姑母 (四十五六。)

丫头。

老妈。

男仆。

开幕 以礼与妻吴氏，对坐谈心，以礼看着报，吴氏抽着水烟。

以 礼 (冷笑)

吴 氏 你笑甚么？

以 礼 现在这些人说的话，我真不懂，作的事越发不懂！

吴 氏 要懂他干甚么？我是也不看报，连问都懒得问。

以 礼 弄到你面前来，不由你不问。

吴 氏 阿！我当你笑的是国家大事呢！

以 礼 家还管不了，还管甚么国！咳，大家庭小家庭，到处闹笑话！

吴 氏 (冷笑) 哼，看将来怎么样。—— 自己家里有房不住，倒撺弄着丈夫住到外头去，不过是怕公公婆婆管他就是了；其实象我们这种人家，何尝拿着我们从前做媳妇的规矩，来责备我们的儿媳妇？真是待客一样；谁知还是不行，我们少奶奶还是要分居另住，其实有衣穿，有饭吃，还有甚么不称心？作人家的儿媳妇，除了管家，侍奉公婆，养儿子，还有甚么事情？

以 礼 风头总是要出的，爱情总是要讲的，自由总是要学的。

吴 氏 要说自由呢，象我们少奶奶那些儿不自由？麻雀也让她打，大世界新世界也让她去逛；她自己不打不逛怪谁呢？不过不想她太那么疯疯癫癫的学时髦罢了；若说爱情，那更是有趣，难道说公公婆婆不让他们那么着吗？(笑) 原要他们养儿子，难道同住着丈夫就不喜欢了吗？……

以 礼 不过是学着那租小房子的风气罢了。好好的夫妻不知道为甚么要学姘头的样子？那才是肉麻当有趣呢！如今还恨不得学着西洋人，当着大庭广众爱谁就跟谁搂着抱着才称心呢！将来总有一天脱着裤子满街跑。

吴 氏 这些时慎之也不大十分宠着她了。

以 礼 随他去罢，好在不是父母管他定的，这会儿儿子也养了，偌他们的心愿就算了了!

吴 氏　他的那个人, 今天要接回来了。

以 礼　儿媳妇进门, 既有了孙子, 本来不必让慎之再娶妾, 不过她不会服侍他, 他如今事情又忙, 总得叫他舒服舒服, 让他去罢。

[丫头上。

丫 头　姑太太跟大姑娘同回来了。

吴 氏　呵呵。

[姑母跟芷祥同上, 老妈带着些纸盒子礼物。

姑 母　哥哥! 嫂嫂!

芷 祥　爹爹! 妈妈!

以 礼
吴 氏　妹妹好! 孩子! 坐着罢!

[叫过了, 随意寒暄几句, 以礼看见礼物。

以 礼　为甚么又要花钱?

姑 母　没有甚么好东西。

芷 祥　爹吃不了, 我来替吃罢, — 哥哥怎么不在家, 银行里事忙?

以 礼　今天行里放假。

姑 母　陪着少奶奶去了罢?

吴 氏　哼, 真是没得说的, …… 谁象得姑母那样贤惠就好了。

姑 母　我是甚么贤惠, 不过年纪大了。不能出风头罢了。(大家笑笑)

以 礼　如今这样风头, 少出些罢, 我听着都要脑子涨 (看着芷祥。) 你可别学你嫂嫂!

芷 祥　我的程度夠不上。

以 礼　你男人呢, 人好了么?

芷 祥　完全好了, 他倒常常在家, 也不大出去。

吴　氏	他讨的那个人还听话么？
芷　祥	也还好，男人家总是靠不住的，讨了个小在家里，只要不到外头去闹也就算了，听说哥哥也要讨姨嫂了，真的吗？
	[大家笑着，做个神气，吴氏同姑母轻轻的说一句话，芷祥问"甚么？"
姑　母	今天就要接回来了，我们都没有知道。
芷　祥	嫂嫂知道了肯干休吗？
吴　氏	你哥哥也因为你嫂嫂不会作人家，不会侍奉老人家，所以想着在外头讨个人进来，这也算是上了爱新鲜讲文明的当，求这样一个补救的法子。
以　礼	（长叹。）
吴　氏	常言说得好，"儿子大了由不得父母"，我们老头子，老太婆，只要由着他们去，若说是要人来侍奉，那本来就没有这种好福气，不敢有这样的妄想，不过如今你哥哥已经拿生米煮成了熟饭，定着今天要接进门了；你嫂嫂就知道，哭一阵，闹一阵，总是有的 — 不过哭着闹着，也就不象个文明人罢了！能够不让她闹呢是最好，所以 ……
以　礼	就算是办了，她也闹不出所以然。她若是懂得道理的，她也就不会闹；男人家三妻四妾，从古至今就有的，你母亲也是扶正的，（吴氏目止之）如今养着你们，还不是一样好！
吴　氏	这些话说他干甚么。
以　礼	真的，难道说父母真不能作主？
吴　氏	你听我说，…… 今天我盼望你们早些来；姑妈呢？姑丈是有姨太太的；（对芷祥）你呢，你丈夫也新讨小：你们都是过来人，回头倘若见着我们那个少奶奶的时候，就请姑妈把话

作品 原文：泼妇

简直对她说明了，你也从旁边劝劝她，她听了你们的话，将他人比自己，马上恍然大悟，岂不是省得许多闲话么？我因为怕你们费事，所以没有预先告诉你们。

姑 母　吃喜酒，我是要来的，要我去劝少奶奶，我确不敢!

芷 祥　姑母不上前，我是更怕碰钉子。

[外面叫少爷回。

吴 氏　慎之回来了。

[慎之留着小胡子，拿着手皮包，手杖，戴眼镜，西装，气昂昂的上。

慎 之　啊哟! 姑妈，妹妹，都来了。

姑 母
来道喜来的!
芷 祥

慎 之　甚么喜?

芷 祥　哥哥还装着呢，不是今天纳宠吗?

慎 之　笑话，纳甚么宠? 不过是替爹妈面前买个丫头罢了。

姑 母　得了罢，这是你自己的事，别尽往父母身上推。

芷 祥　(用指头羞着慎之) 哥哥你不是说永不讨小的么?

慎 之　从前是从前，现在是现在，从前哥哥是学生，现在哥哥是银行的副经理，指日就是正经理了；哥哥如今是要充人物的了，岂有不讨姨太太而能称新人物的吗? 哈哈! (一半玩笑的口气，这是现在自己掩饰短处的一种方法。)

芷 祥　嫂嫂发起脾气来，看你怎么样?

慎 之　请姑妈妹妹给我调停调停。

姑 母
我们可管不了。
芷 祥

慎 之	拜托拜托。(行礼)

[仆人拿上烛来点起。

慎 之	怎么就点?
男 仆	汽车就到了。
慎 之	(看表) 还早罢?
姑 母	心里不要跳。
慎 之	那儿的话。

[仆人丫头娘姨慌着上说"来了来了。"

吴 氏	芷祥! 你去接着进来罢。
姑 母	我也去。
吴 氏	那不敢当。

[芷祥并不出门, 只在门口等着, 娘姨挽着新姨奶进来, 芷祥
请以礼加件马褂出来, 芷祥先告姨奶叫老太爷磕头, 次吴氏
次则与慎之磕头, 次吴氏叫与姑母及芷祥都磕头, 芷祥等与
以礼吴氏慎之道喜。

以 礼	(对姨奶) 好了, 你算到了我家了, 比不得住在外头。要学规
	矩, 好好的侍奉你少爷, 有什么不懂的, 先禀明老太太 好好
	作人家, 多作事, 少说话! 我们必定疼你的。

[姨奶低着头, 忽报少奶奶来了, 大家失色, 便让姨奶里面
去, 红烛搬开, 素心上, 手里抱着儿子, 后面娘姨提着一个
手巾包, 进门的时候, 满屋的人你看着我, 我看着你, 笑笑,
素心觉着有些奇怪, 却也不在意, 吴氏接着小孩子, 抱在怀
里叫"乖乖", 大家都依次叫了一声, 慎之拿出雪茄抽着, 丫
头老妈子面面相觑, 好象很不自然的, 素心接过手巾包, 解
开, 取出一双鞋子, 一件衣服, 对吴氏说。

作品 原文: 泼妇

素　心　这是我替婆婆作的，不知合式不合式。

吴　氏　你作的有甚么不好？谢谢你。(客气得很)
　　　　[此时以礼溜下，姑母上前看鞋子，称赞"好巧手"，慎之便与
　　　　妹子作手式，芷祥摇手，慎之作行礼状，求她劝嫂嫂的意思。

素　心　昨天那糟鱼，婆吃着怎么样？

吴　氏　好得很呢，你是真孝顺，真贤惠，又替我作衣服，作鞋，还
　　　　要送菜来给我吃，在家还要料理小孩子，自己还要念书，太
　　　　忙了，也得休息休息，你要是没工夫，这边也不要天天来，
　　　　想着我们，来看看罢了。(说着又亲小孩子。)

素　心　我也不忙甚么，一件衣差不多打了半个月，还说贤惠呢!(都笑。)

姑　母　要是我有了你这身体事，那就好了，我也想你教我说几句外
　　　　国话才有趣呢。
　　　　[以礼叫吴氏说："你来看看!" 吴氏知道是叫她，连忙进去，
　　　　姑母也跟着进去，说道"我也到里面去歇歇去。"慎之也想走，
　　　　欠伸说："我还有一封信要写呢。"素心目止之说："我还有话
　　　　给你说。"慎之站住，芷祥跑下，慎之与素心相视而笑。

素　心　怎么样？

慎　之　你怎么样？

素　心　我没有怎么样，怎么大家看着我，都有些说不出的意思似的？

慎　之　那恐怕是你疑心。老人家呢，给我们思想两样，不必说他；
　　　　只要我们夫妻间满意也就是了。

素　心　我们两个人中间，总不会发生甚么问题罢？

慎　之　那自然，我们又不是由着父母定的；我想世界上恐怕没有再
　　　　比我们美满的姻缘了。　从前我们在美术展览会见面的时候，
　　　　不过很简单的说几句话，彼此的性情已经觉得十分相似，以

后也经过些困难，好容易盼到了结婚，我们的爱情也真是热到了极处，就是结了婚，还是给没结婚似的，就是到如今养了儿子，无时，无刻，不给新婚的时候一样，我每天在外头办事，总想着要回家；回了家看见你，好象就是度蜜月的头一天呢。因为我们的爱情，是积累来的，所以才给人家不同。(素心沈吟如有所思)。(慎之接过小孩说) 这就是我们爱情的纪念品。…… 呵 …… 爱情纪念品呵 …… 宝贝 ……

素 心 (接过小孩) 我跟你的相爱，那是不消说的；我自从给你订交以来，就把我的躯壳跟灵魂全交给你了。

慎 之 我的躯壳同灵魂也未尝没有交给你呵!

素 心 只怕我们太好了，为造物所忌，忽然生出不幸的事来!

慎 之 你放心，我们的心已经是千锤百炼过的，就无论形式有没有变化，精神是永远如一的!

素 心 你说形式的变化，这话我不懂，我现在以为环境的力量最大，一个人要战胜环境，是很不容易的；只怕受了环境的支配，形式上就起了变化，跟着精神也就起了变化!

慎 之 你还疑心我吗?

素 心 我怎么忍来疑心你，疑心你就跟疑心我自己一样，不过 ……

慎 之 怎么样?

素 心 不过一个人在学堂里念书的时候，是没有受过社会的淘融，心志十分纯洁;既经毕了业，出来办事了，所接触的，各处不同，同时又受多少习惯上的压迫，渐渐的把初衷变了，久而久之，自然就影响到种种事情上去!

慎 之 你为什么说这话，我不懂? (局促不安，却作出温存微笑的样子。)

素 心 唯愿你不懂就好! (慎之用手搭在素心的肩上，素心也一手抱

作品 原文: 泼妇

着小孩子，一手拉着慎之的那一只手。)

慎　之　反正千句话并一句话，我无论如何，总能够保持我的均衡，我总不更变我的主张，我总不更变我的信仰!

素　心　(慎之接过小孩子，素心伏在慎之的肩上，半晌无言，慎之抽着素心的背。)

慎　之　好了，好了，…… 你又不知道感触着甚么事，在这儿发闷呢!

素　心　(抬起头似泣似笑的叹息说)咳，…… 爱情到了一定的程度，就要生出意外的疑虑! 我是简直是恐怖，好象怕得很似的!

慎　之　怕甚么，有我保证，你还怕吗?

素　心　我也保证我自己是信你到底的。

慎　之　(在袋里取出一条钻石颈鍊) 我送给你一个保证品罢。

素　心　(笑笑) 你何必去买这些东西，我是从来没有带过的! (小孩哭，呵着他。)

慎　之　这不过是顽顽罢了，这是我劳动的成绩，就借你的身上发表发表罢，(将颈鍊替素心挂上，看表) 我这时候还要去写封很要紧的信去，好象妹妹姑母还有话跟你说呢!
　　　　[芷祥从门里张望，慎之对她作手势下。素心如有所思，上下徘徊，芷祥与姑母相推不敢出来，拉拉扯扯的上，上来又笑着，互相推诿。上场后与素心说话，大家都很客气有礼。

素　心　姑妈妹妹，(她们尽笑不止) 为甚么这样高兴? 笑甚么事情?

姑　母　没有甚么，不过是痴人多笑罢了。

素　心　姑妈有些头痛，好了? (芷祥接着小孩。)

姑　母　好了，谢谢你!

素　心　听说姨太太有了喜了。

姑　母　可不是吗! 倒省了我不少的事。

芷 祥　姑妈以前可也气够了!

姑 母　这会儿想来真是傻子，气甚么呢? 男人家见一个爱一个也是常事，谁能够叫他们不爱呢? 他要讨小，你跟他淘气，也是枉然，反闹得夫妻里头没意思。 倒不如一半儿顺着他让他自己难为情。你姑父这会儿倒也好，常要小老婆来跟我做事，我也落得让他去，只要他有了个小老婆不到外头偷鸡摸狗的胡逛，也就算了。(对芷祥)你们姑爷新娶那个人倒也老实似的。

芷 祥　倒也没甚么，清官难断家务事。 只要面子上过的去，象我们这样大家子的人，还争风吃醋不成?

姑 母　夫妻只要是好，别说一个小老婆，他就讨十个八个，也占不了大老婆半丝儿去，我是老了，象你们年轻美貌的，丈夫那能不欢喜?

素 心　女人家在世界上，讨了男人欢喜就完了吗?

姑 母　虽不一定要讨男人欢喜，可是 …… 咳! 男人家事情真难说，女人要作得人家说贤惠也真不容易。

素 心　(微笑) 象姑妈很妹妹才真贤惠呢。

芷 祥　你又要来奚落我们了，嫂嫂还要多么贤惠。

姑 母　真是。

芷 祥　象你哥哥跟嫂嫂这样好夫妻，那里有? 嫂嫂又是学堂里出身，哥哥就有不到之处，见着嫂嫂也就感化了。可是?

姑 母　可不是吗!

素 心　别取笑了，妹妹刚才还想说什么?

芷 祥　没有什么，不过说哥哥好罢了。

姑 母　慎之可真不错，这也是少奶奶能够让着他。

素 心　(不甚耐烦) 也没有什么让不让。

姑　母	(吃吃的笑。)
芷　祥	

素　心	听说有人要替慎之讨小，是真的吗？

姑　母	这话是从那里来的？
芷　祥	

素　心　　我也不过看着大家的情形，猜想罢了。

姑　母　　那是没有的事，不过比方说 …… 要是慎之讨小，你便怎么
　　　　　样呢？(有幸灾乐祸的样子，芷祥只是笑。)

素　心　　那也没有什么。

芷　祥　　嫂嫂不气坏了吗？

素　心　　我也犯不着气的。

姑　母　　本来这话我不想说的，你既问，我也不能不说，你是个贤惠
　　　　　人，谅来说也不妨。

素　心　　总是要知道的，姑妈亦何妨直说呢？

姑　母　　他那人已经接到这里来了。

素　心　　(大惊，假作镇定) 呵! 已经接到家了？这真奇事，其实慎之
　　　　　要讨小，也没有什么了不得；不过，我又不是不让他讨，他
　　　　　何必定要瞒着我呢？

姑　母　　听以他要我们来慢慢的告诉你，(笑) 他是总有些难为情，不
　　　　　好意思当面讲，他十分觉得对不住你，— 这呢，也就算他
　　　　　是有良心的!

素　心　　笑话，这有什么对得起对不起，只是这样一来，似乎太没有
　　　　　意思。

芷　祥　　妈跟爹爹的意思，想要作为这人是嫂嫂替哥哥讨的。

素　心　　(极力忍怒) 我没有这样贤惠；我,也不会这样做 …… (看颈饰。)

芷祥	事已至此了，嫂嫂的意思怎么样呢？
姑母	(笑) 总不要便宜了慎之。(芷祥紧接。)
芷祥	老实发作他一顿罢。(细细瞧着素心。)
素心	(冷笑) 既是他喜欢，我还说什么! 我想那个人一定是堂子里的!
姑母	恐怕是的，慎之因为作了银行里的事，场面上的人都来应酬他。现在的应酬，现在的应酬，还不总是那些地方，— 其实呢，他的风头，就是你的福气。
芷祥	人家都羡慕着嫂嫂的福气哪。
姑母	可是年轻人在繁华地方，真有把握的可就少了。(想定主意。)
素心	这些话都不用说他；既是人已经到了家，总不能老是藏着起来，我看我们不妨见见，大家叫声，一来让慎之好受，二来让二位老人家放心；姑母，妹妹，看怎么样呢？(姑母芷祥大为诧异)
姑母	真的吗？
芷祥	想不到嫂嫂是这样贤惠。
素心	不是贤惠不贤惠的话，要不，怎么样呢？
姑母 芷祥	自然只好如此!
素心	那就烦姑妈跟妹妹告诉爹爹妈妈慎之，就着今天来了! 大家见见罢!
姑母	我去说。
素心	我去预备一样见面礼来! (下) [姑母与芷祥惊诧相视。
姑母	你看怎么样!
芷祥	我们就照这样跟爹妈说罢! (慎之溜上)

作品 原文: 泼妇

慎　之　怎么样?

　　　　[芷祥做着怪相下。

姑　母　今天是要唱顶花砖了!…… 你少奶奶真贤惠!

　　　　[慎之笑着, 以礼同着吴氏芷祥上, 丫头老妈跟着。

以　礼　这样很好, 本来应该如此!

吴　氏　这也难得, 你好福气, 少奶奶真贤惠, 这会儿就让他们见见
　　　　罢 (芷祥远远地羞着慎之, 慎之对她作神气。)

姑　母　总是要见见的, 我来去请少奶奶来罢!

以　礼　自然要叫王姑娘来侍候着!

芷　祥　我来去叫她! (下, 同慎之妾王氏上。)

慎　之　我要去开会! (要走忽听见素心叫)

素　心　慎之何必走呢! (慎之大窘, 只好回头, 低头不是, 假笑也不
　　　　好, 也就不敢走。)

以　礼
　　　　芷祥叫王姑娘跟嫂嫂磕头!
吴　氏

芷　祥　是! (正去搀王氏。)

素　心　慢来, 这是什么意思? (对王氏) 我跟你是同样的人, 你与我
　　　　一面不相识, 为什么就给我磕头!

大　家　这是应该的!

素　心　不应该! (对王氏) 你是怎么来的?

王　氏　也不是我自己来的, 是这儿少爷讨我来的!

素　心　我知道他是拿着钱骗你来的!

王　氏　我可不知道。

素　心　你放心, 没人难为你! (向慎之) 你从前对我是怎么说的? 你
　　　　向来对我是怎么说的? 你方才对我是怎么说的? 你不是反对

一夫多妻制的吗？你不是主张神圣恋爱的吗？你不是自命为主张女子解放的中坚分子吗？你不是绝对以真实不欺为信条的吗？你不是主张废娼说不忍拿金钱去压迫那无辜的女子吗？你始终不能不取掉你那正义人道的假面，到了今天，你自己证明你自己从头至尾全是诈伪！（慎之笑）你不要得意，笑，哭，都不能掩饰你的诈伪了。我一生受了你的骗，也只怪我自己以前跟你相交的时候，没有看出你的弱点。你骗人骗得得意了，所以丢了我又去骗别人，现在也没有别的多话，第一步，你先把她退了，把卖身纸还她，使她自由，再另外送她两千块钱让她自活。（大家无话半晌，慎之只是装笑。）

以礼　（大怒）这还了得！那里有大老婆逼丈夫退小老婆的道理？就是吃醋争风，也不能当着大众，今天就算父母作了主，也没什么了不得！

素心　我的主意已定，不是加我些混淆罪名，就吓得住我的，你们要不听我，我就杀了这儿子。（取出小刀放在小孩子的颈上，大家要抢）你们要抢，我的刀就下去了。是，否，一句话！（大家作神气挤眉挤眼的意思是要慎之暂时敷衍。）

慎之　（不得已取出王氏卖身字及汇划票两纸交与王氏）好，好，好，依你！（对王氏）这个交给你罢，你爱怎么自由，你就去自由罢！（又对素心）这下好了罢？（对王氏）你后头歇歇去罢！

大家　这样也好！这样也好。

素心　慢着（对王氏）你把卖身字撕了！（王氏取了字素心将卖身字抢过来撕了，王氏很怕。）你且别忙后头去，我今天的抱不平要打到底，我是负责任的！（大家很奇怪，以礼只是叹气，吴氏只是湖里湖涂说"好子""好了"，素心又对王氏说）你无论

作品 原文：泼妇

如何，也出不了他的手，你就是出去，也一定没有结果， 如今你还是跟我，让我叫你受些相当的教育，可以自立。我把你当亲妹妹看待，以后决不再教男人来骗你！现在你的事，有我担保；我还要了我自己的事呢！(向慎之) 我们就此告别罢，请你写两张离婚书，一张你签字给我；一张我签字给你，(慎之迟疑) 不必假惺惺了，痛快些写罢！

姑　母　夫妻还是好夫妻，说完了就好了，何必这样呢？

慎　之　你要离开我，我也没法，写罢！(取纸写着)

芷　祥　哥哥，何必呢？大家都是一时之气，就都认了真，这样叫爹妈怎么受呢？(想去阻止)

以　礼　唔！让你们去！反正现在父母都是讨厌的，都是废物！(下)

吴　氏　我是更管不着！(哭，芷祥去劝) (慎之将离婚书写好，交给娘姨送过去，素心签字，各持一张。)

素　心　好了！谢谢你！(对王氏) 你放心！我不会待错你！我是始终帮助你的，你跟我去。我一定叫你作一个有用的人，(王氏很为难的样子却是无可如何。) 儿子，我也带着走！

慎　之　那可不行！

吴　氏　那怎么成呢？

以　礼　(从内赶出) 儿子带去！笑话！儿子是陈家的子孙，你在这里，你是他的母亲；你既离了婚，你就是外人，你怎么能够带他去？不行，万不行！

素　心　(指儿子) 他不是你们私有的，他是国家世界公有的，我决不忍拿将来有用的国民，放在这种家庭里，在这种欺骗的父权之下，受那种欺骗的教育，使他变养成一个罪恶的青年！要知道让一个清洁无瑕的儿童，去受罪恶的薰染，是作母亲的罪恶，与其让他将来不好，不如让他就在目前干干净净的死在他母亲的手里！（持刀欲刺，大家大惊，素心笑。）我那里忍心就杀了他？宝贝！我也没有闲功夫说费话了。（向王氏）妹妹！我们去罢！（拉着王氏下，素心把颈饰掷向慎之说。）爱情的保证品啊！（王氏作无奈状随下。）

大　家　（面面相觑）真好泼妇啊！

◎ 한상덕 (韓相德) 약력

경상대학교 중문학과 졸업
성균관대학교 중문학과에서 석사학위 취득
중국, 예술연구원 화극연구소 방문학자
중국, 무한대학 중문과에서 박사학위 취득
중국, 호북사범대학 중문과 강사 역임
중국, 호북대학 중문과 교수 역임
[현재] 중국, 호북민족학원 남방소수민족연구중심 겸임연구원
[현재] 경상대학교 중문과 강사

중국 현대희곡 연구 및 번역 총서 3
중국 현대 단막극선

• 초판 인쇄	2007년 11월 30일
• 초판 발행	2007년 11월 30일
• 지 은 이	호 적 등 저, 한상덕 역
• 펴 낸 이	채종준
• 펴 낸 곳	한국학술정보㈜
	경기도 파주시 교하읍 문발리 513-5
	파주출판문화정보산업단지
	전화 031) 908-3181(대표) · 팩스 031) 908-3189
	홈페이지 http://www.kstudy.com
	e-mail(출판사업부) publish@kstudy.com
• 등 록	제일산-115호(2000. 6. 19)
• 가 격	26,000원

ISBN 978-89-534-7875-6 94820 (Paper Book)
      978-89-534-7876-3 98820 (e-Book)
      978-89-534-7865-7 94820 (Paper Book set)
      978-89-534-7866-4 98820 (e-Book set)